料亭女将の半生

ヒントはいつも出会いの中に

しら河別邸 日本料理大森
森田　桂子

はじめに

　これまで四十七年間、女将を務めた料亭大森を私の代で終わらせて本当によいのか？　昼夜寝る間もなくお店の礎を築き上げた先代と大女将の私の想像を遥かに超える労苦を無にしてそれでよいのか？

「日々、時間に追われ、仕事が片付かず、立って寝た時もたびたびあった」と大女将から聞かされたのは一度か二度しかない。普通ならば愚痴や苦労を何度語ってもよいのに、私の前では二人共そうではなかった。だからこそ、私自身約半世紀この道を歩んできて、手に取るように共鳴できることがいっぱいある。

　店を閉めると決めて「私にできる最後の仕事は何か」と自問自答した結果、本にして記録に残すという方向が定まった。それにより、引き続き、有限会社しら河を育ててくれる人たちに思いが伝わるのなら幸いである。

　本づくりのための文章を書いていてふと気づいたのは「ヒントはいつも、よきお客様との出会いの中に」ということだった。折々にいただいた助言などが、岐路とも言うべき重要な場面、場面で進路を指し示してくれた。

　頭では理解したつもりでも、ふだんはその大切さをついつい忘れがちになる。もし、そうしたことがなければ現在までお店は継続できなかっただろう。言い換えれば料亭大森の歴史はお客様と共にあったと痛切に思う。

　感謝の気持ちを大きな軸に私の半生を思いのまま書きつづる。お店での出来事、裏話、苦労話に始まり、知恵を絞った口上やユニークな節分お化けなどに触れる。楽しく読み進めていただけたら最高の喜びである。

しら河別邸　日本料理大森
女将　森田桂子

目次

女将の半生

女将の記録

しら河別邸　日本料理大森

名古屋能楽堂

㊤名古屋能楽堂との間にある中庭
㊨そこに普段も灯る薪能用ライト

㊤硝子アート作家・藤田光子先生が描いた四枚屏風
「慶翔」を飾る天守の間　㊦ホールには同様の「慶光」

式年遷宮記念 神宮美術館
特別展 光～歌会始御題によせて～出品作品

まるで美術館

幻一先生の木版画

中林蕗風先生書「鴻飛」

能面「増女」

此処に描かれている桜の老木は、樹齢六百年余、折れた
枝木が地中に入り再び桜の花を咲かせています。
その姿が龍の姿に似ている所から臥龍桜の名が付け
られた名木です。
飛騨の位山の麓に今も此の姿を見る事が出来ます。
臥龍桜四季

柳瀬辰久くんの「臥龍桜四季」

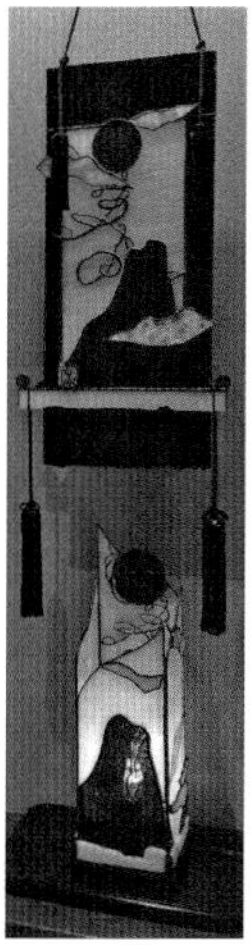

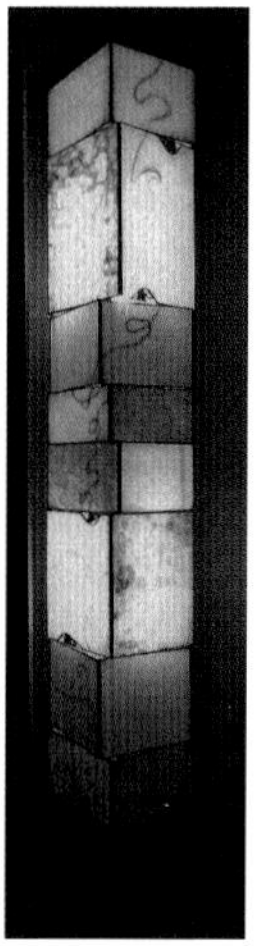

通路や室内を彩った
ガラスアートの行燈

料亭大森　名古屋・浄心

入ると「料亭大森」の看板

甲冑もお出迎え

城見の間からはその名
の通り名古屋城を一望

城見の間

大女将(右)と私の祖父・伊藤留吉。背
後には４階にあった城見風呂の案内

お酌風景（３階大広間）

口上場面（3階大広間）

口上も大森流

3階大広間

「一期一会」の額が掛かる
4階城見の間の床の間

うなぎ・ひつまぶし　しら河

㊨かつての「大森の店しら河」
㊤ひつまぶし1400円の表示も
㊦現在の「しら河浄心本店」

市川海老蔵歌舞伎竜宮物語

節分お化け

㊤高尾太夫　㊦川上貞奴

高円宮様

名古屋市長・西尾武喜様

著名なお客様

日本相撲協会理事長・北の湖敏満親方

タレント・みのもんたさん

俳優・八名信夫さん

衆院議員・赤松広隆先生

ボールペン画家・阿部繁弘さんのスケッチ

㊤料亭大森

㊦しら河浄心本店

女将の半生

だけで他界致しました。主人にたより切っておりましたので、見る物聞く物が悲しくて駄目でした。

半年程たった頃に、身近にいる事務員が「奥さん、やっと立直りましたね」と言ってくれました。それから商売に打ちこむようになりました。

今日の大森のありますのも、お客様のお陰、又主人がしっかりとした石礎を残してくれからと、感謝しております。息子夫婦、又従業員がしっかりとやってくれますので、助かります。特に嫁は私以上に頑張っております。

私も一日の中、一時間ぐらいゆったりとした時間ほしいと思ひますが、今の所、自分が作りだせないのかも知れません。

時間にゆとりのある方は、本当に、お幸せだなと、つくづく思います。しかし、その方々は、仕事がほしいと思っていらっしゃるかも、と自分に云い聞かせております、この頃です。

孫も、内孫四人、外孫三人に囲まれて本当に幸せです。昭和61年9月下旬に新しい家も出来、子供の勉強部屋も個々与えられ、やっと落着きました。

これからは、無形の財産をいかに作り上げていくかが、自分に課せられた最大の仕事だと思います。　（原文のまま）

森田千恵子 半生記

1 大森創業

本作りに欠かせない思い出の写真を探す中でアルバムの間に埋もれていた古ぼけた青色のバインダーを何気なく手に取った。「きっと子供の通知表でも挟んであるのだろう」と思いつつ、

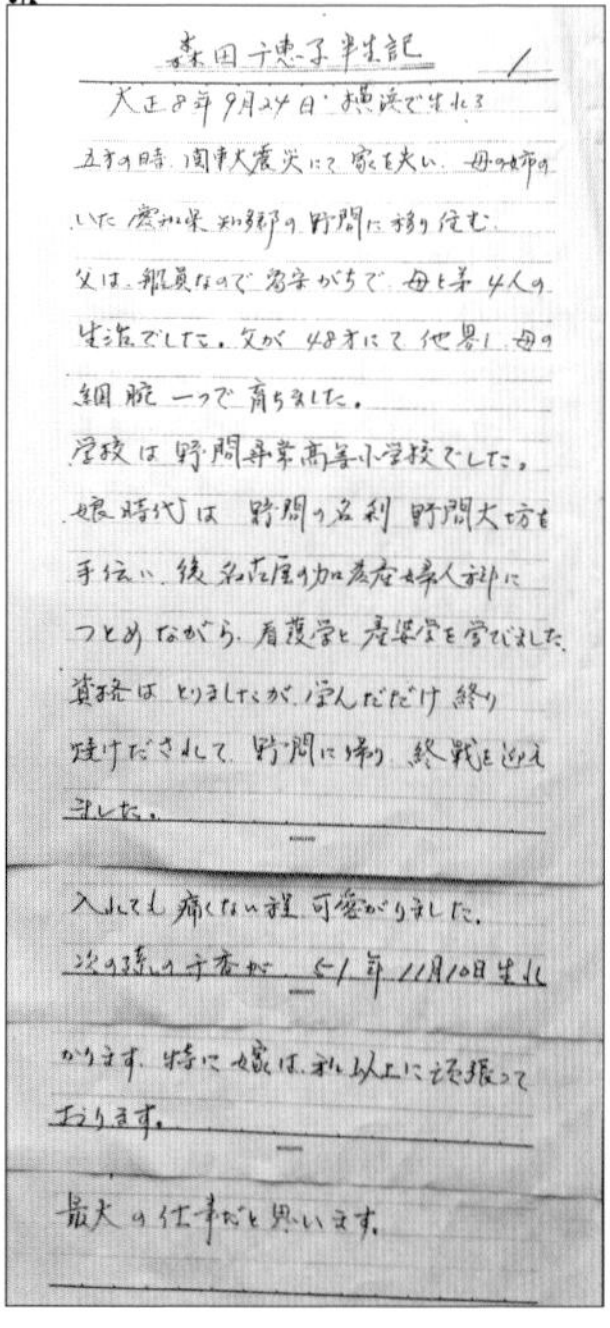
森田千恵子半生記　1
大正8年9月24日　横浜で生れる
五才の時　関東大震災にて家を失い　母の姉の
いた愛知県知多郡の野間に移り住む
父は船員なので留守がちで　母と弟4人の
生活でした。父が48才にて他界し　母の
細腕一つで育ちました。
学校は野間尋常高等小学校でした。
娘時代は　野間の名刹　野間大坊を
手伝い、後名古屋の加藤産婦人科に
つとめながら、看護学と産婆学を学びました。
資格はとりましたが、学んだだけ終り
焼けだされて　野間に帰り　終戦を迎え
ました。

入れても痛くない程　可愛がりました。
次の孫の千春が　61年11月10日生れ

かります。特に嫁は私以上に頑張って
おります。

最大の仕事だと思います。

森田千恵子 半生記

大正8年９月24日、横浜で生れる。

5才の時、関東大震災にて家を失い、母の姉のいた愛知県知多郡の野間に移り住む。

父は、船員なので留守がちで、母と弟４人の生活でした。父が48才にて他界し、母の細腕一つで育ちました。

学校は野間尋常高等小学校でした。

娘時代は、野間の名刹野間大坊を手伝い、後、名古屋の加藤産婦人科につとめながら、看護学と産婆学を学びました。資格はとりましたが、学んだだけ終り、焼けだされて、野間に帰り、終戦を迎えました。

21年台湾からの引揚者、森田一造と結婚、べん天通りになれない商売をはじめましたのが、現在の大森の出発点でございます。幸、主人が商売熱心な人でしたので、いろいろ勉強いたしました。

べん天通りから、今現在の大森の場所へ移ったのは、昭和26年11月の寒い時でした。

昭和49年11月、西枇杷島町から嫁を迎える事出来ました。50年の11月５日に初孫の大延が生れました。主人が目に入れても痛くない程可愛がりました。

次の孫の千香が51年11月10日生れ、同じ年の12月に主人が突然、苦労した

何となく気になったので開けてみた。すると目に映ったのは便箋で、冒頭、大女将の「森田千恵子半生記」という題に始まり、その後に文が一枚、二枚と続いた。「えー、こんな大事なことがつづってあったんだ。今まさに私がそれを書こうと決意した瞬間に見つかるなんて」と驚いた。大女将の「天からのお告げ」であり、「桂ちゃん頑張って書いてよ」と背中を優しくそして強く押してくれた気がした。

先代の森田一造は終戦後、台湾から引き揚げてきた。そこで大きな材木商を営んでいた叔父

に「跡を継いでほしい」と頼まれながら、「人の財産はいらない」と断ってきたという逸話の持ち主だった。その後、千恵子と結婚し、二人で名古屋・浄心の交差点北東、浄心寺近くにあった公設市場の一画で天ぷら店を始めたのが大森の原点となった。

一九五一（昭和二十六）年、市会議員伊藤寛先生の紹介で、今は「しら河」のうなぎ加工場がある城西四丁目30番3号に「大森料理店」を開き、「合資会社大森料理店」を設立した。「大森」の名は、姓の「森田」からの「森」に、大きく伸びるための「大」がかぶさる。「大森」の字は左右対称で、そこから「裏表のない商売を目指す」との思いも込めたらしい。

六六（昭和四十一）年十月には鉄筋コンクリート四階建ての「料亭大森」を新築し、西隣にうなぎ店を併設した。それがやがて、うなぎ・ひつまぶしの「しら河」へと発展する。七〇（昭和四十五）年六月には「有限会社新大森」を設立し、一造・千恵子の長男の堅一が代表取締役に就任した。

2 結婚―若女将に

一九七四（昭和四十九）年十月二十九日、森田堅一と伊藤桂子が縁あって結婚した。桂子は西春日井郡西枇杷島町（現・清須市西枇杷島町）に住む伊藤朔郎《さくろう》・京子の長女で、姓が改まった森田桂子は「料亭大森」の若女将となった。それに至った経緯を嘘のような本当の話として記す。

祖父の伊藤留吉は県会議員を一期、その後、西枇杷島町長を連続七期務めた。会合や接待の場として料亭大森をよく利用した。ある日の宴席で女将から「息子のお嫁さんを捜しています。どなたかご存知の方があればご紹介いただきたい」と聞いた。

送りのタクシーの前を偶然、仕事帰りの私が横切って自宅に入った。同乗の町会議員さんの一人が「町長さん、今の人は誰？」と尋ね、祖父が「孫だ」と答える。「じゃー、さっきの大

名古屋・栄の中日パレスで挙式

森の女将からの相手をぜひ孫に」となった。

看護学校を卒業後、名古屋第一赤十字病院に正看護婦（現・看護師）として勤め始めて一年余りたっていた。職場は希望通りの外科病棟で、将来の大きな目標を婦長に置いて、一生独身を貫くつもりでいた。

そんな折、日頃から尊敬していた祖父のいきなりの頼みに戸惑いはあっても断れず、六月にお見合いをした。すでに堀は埋まっていたこと、相手の印象が良かったことなどから、話はとんとん拍子に進み、八月に結納、十月に結婚と、超最速でカップルが誕生した。

人生の大きな岐路における選択とは案外こうしたものかもしれない。

私が嫁いだ頃、従業員は三十名前後だった。板場さん、洗い場さん、女中さん、事務の人、帳場さんら、皆本当に仲良く話し、食事も共にした。大家族が一つ屋根の下で暮らす、アットホームという感じだった。

お見合いからしばらく後、主人に「女将の仕事は？」と尋ねたところ、返事は「時々お座敷に出るくらいで後はお酒の在庫を調べることくらいかな？」だったので、聞いていたことと実際に目にした世界は全く真逆だった。

お座敷には慣れない着物で出なければならないので、当初は、お手伝いのおばさんに帯をたらしたまま、「手伝ってくださーい」と甘えもした。そのうち、人に頼る自分がはがゆくなって、女中部屋まで帯をひっぱっていって、見よう見まねでとうとう一人で着付けに成功した。

大広間には最高九十名、他の部屋には三十五名、二十名、十五名、十名、六名×三＝十八名が入る。全室を回り、お酌をしては返杯を受けるのを繰り返すと、それはかなりの酒量で、ハードさは半端ではなかった。

3　先代の思い出

「桂ちゃん、とにかく従業員より早く出てきて最後までしっかり働きなさい。子供は五人は産みなさい。それから一番大事なこととして出入りの業者を大切にしなさい。全ての人に、ありがとうございます、ご苦労様、と声を掛けなさい」

先代・森田一造㊧と
私の祖父・伊藤留吉

先代の言葉をあれこれ思い出し、仕事に対する真摯な姿勢を貫く中で、周りに向けた優しい笑顔が懐かしい。「子供は五人」はさておき、どれも納得して努めてきた。特に出入りの業者さんが料亭大森を支えてくれているという教えはその通りで、今も若女将を始めスタッフには口にする。

右も左も分からずに、何もかもが目新しく映る中で、女中さんの動きを見ていて、ある事に気付いた。それは古き良き時代の習いとして、お客様がお座敷の担当者、女中さんにくださるご祝儀に関することだった。

女中頭が時には自分一人の懐に入れたり、自分の気に入った仲間内で分けたりしていた。私は「それはおかしい。不平等だと思う。洗い場さん、配膳さん、板場さん、帳場さんら皆で平等に分けるべきではないか」と抗議した。それが蜂の巣を突くがごとくの大騒動となった。

女中頭が先代のところへとてつもない勢いで走って行って「何も分からない若女将に言われる筋合いはない」と声を荒げた。それに対して先代は「お前さんたちが間違っている。桂ちゃんが正しい」とだけ言葉を発してけりを付けた。この日以来、私の意見が通るようになったことは言うまでもない。

ある日、九十名の団体様の席で、お酌と返杯を繰り返した。「留吉さんのお孫さんか。おめでとう。ま一一杯どうぞ」という声掛けが延々と続いた。そしていつしか天井が回った。それでも、この大切なお座敷の途中で倒れるわけにはいけないと必死の思いで、何と全員、九十名の返杯を受けた。

それを最初から最後までしっかり見届けていらした方がいて「若女将は全員の返杯にもびくともしない。こんな酒豪にお酌してもこちらが負けるぞ」と声を上げた。この時以来、私は「酒豪」のレッテルを貼られることになってしまった。

ところが、その時は、大広間を出て、お店と続きの住宅一階の居間に戻ったら最後、全く意識をなくしたというのが事実だった。それを優しく見守ってくれていた先代の顔を見たのか、見なかったのか、記憶は定かではない。

先代は出会って二年後の一九七六（昭和五十一）年に他界した。もっといろいろ教わりたかった。

4　大女将の人となり

大女将は着物姿より、もんぺ姿の方が印象深い。お座敷が始まる間際まで、普段着の着物の上にもんぺをはいていた。「着物は動きが悪くて、仕事が思うようにはかどらない」と言っていた。このスタイルで、小足でスリッパをパタパタと鳴らして店内を走り回った。

お座敷で口上を述べる大女将・森田千恵子

「お客様をお迎えするんだからいつもあちこちきれいじゃなきゃ」が口癖で、見ると掃除をしていた。特に気を配っていたのが玄関から二段へ上がる階段回りだった。奥には「右近」「左近」の二部屋があり、池には鯉が泳いでいた。酔ったお客様が部屋から出られた瞬間ぐらりとして池にはまられたことをふと思い出した。

ある時お客様が「僕の腕時計がどこを捜してもない。誰か持っていったんじゃないのか」と言い始めた。女中さんが疑われたことに、大女将は「分かりました」とだけ答えて、ある行動に出た。女中さんを全員集めて「着物をお客様の前で脱ぎなさい。うちには人の物を盗る者なんて一人もいません」と言い放った。もちろん何か出てくるわけもなく、大女将のこの即座の大胆な判断に、相手は「申し訳なかった」と何度も繰り返した。

厚い信頼を得ることの重要さと難しさを学ばせてもらった。

お酒はめっぽう強く、仕事が終わって居間に戻ったら、コップか湯のみで晩酌だった。ぐいぐいと楽しみながら、その日の出来事を先代に報告していた。

朝早くからずっと働きっぱなしなので「たまには旅行でもどうですか」と勧めた。帰ってきた言葉は「旅行支度に疲れちゃう。仕事をしていた方がうーんと楽」だった。本当に自らの仕事をそしてお客様を心から愛した一生だったと思う。

一度だけ、大女将に逆らって、家を出たことがある。

ロータリークラブの方に「若女将、次の例会で三十分ほどの卓話を引き受けてよ」と突然頼まれた。私なりに調べたお店の歴史、現在の自分の苦労を話にまとめ、その結果、皆さんから「良かった」との評価をいただいた。

自宅にほっとして帰った時、大女将に「何を話したの?」と聞かれた。「大森の歴史は戦後無一文で引き揚げてきた先代と女将による浄心の角の屋台から始まった」と説明した。すると、「誤っても、屋台を引いたんじゃない。公設市場と言いなさい」とおしかりを受けた。

私にとっては最初の講演をどんなにか繰り返し練習し、その結果、皆さんに喜んでいただいたのだから、てっきり褒めてもらえるものと思って話したのに、と怒りが爆発した。

家を出た先のことは全く考えてもいなかったけれど、直ぐに京都が頭に浮かんだ。「よし、京都のどこかのお寺に行って、気持ちを抑えよう」とだけ考えた。何も調べず思いのまま辿り着いたのが大仙院だった。境内に入ると真正面に額が掛かっていた。一気に読み進んだ。

今こそ出発点

人生とは毎日が訓練である
わたくし自身の訓練の場である
失敗もできる訓練の場である
生きているを喜ぶ訓練の場である
今この幸せを喜ぶこともなく
いつどこで幸せになれるか
この喜びをもとに全力で進めよう
わたくし自身の将来は
今この瞬間ここにある
今ここで頑張らずにいつ頑張る

京都大仙院尾関宗園

私の心の隅々まで深く染み渡った。「まだまだ日々の訓練が足りない。この言葉を終生自分の信条にしよう」と決めた。帰って玄関に入ると、大女将が「あー、よかった。帰ってきてくれた」と安堵の笑顔で迎えてくれた。

5　若女将奮戦

心に残るエピソードをもう一つ紹介する。接待されるお客様が接待する側より早く到着された時のことである。

早々と口にされた言葉は案の定「わしより遅れるとは何事だ」だった。私は「先ほどお電話で渋滞にはまってしまったので遅れると聞きました。その旨くれぐれも申し訳ないと伝えてほしいとのことでした」と申し上げた。それにも怒り心頭、聞く耳持たず、といった感じだった。

さらに「今日は日差しが強くて焼けた。腕がヒリヒリ痛くてたまらん」と怒りに拍車が掛かった。見ると、腕は真っ赤だった。「そうだ、まずは腕の処置からだ」と馬油を塗って差し上げた。

　すると、痛みが和らいだようで、少し笑みが浮かんだ。「よし、じゃあ、一杯」とビールを飲み干し、グラスを勢いよく私に差し出してきた。「弱ったなあ。ビールはすぐ酔いが回る」との思いが頭をかすめたが、「そんなことを言っている場合じゃない」と覚悟を決めた。「その気っ風のよさ、気に入った」と上機嫌になられたのを確かめながら一気飲みを繰り返した。

　そうこうするうちに、接待する側が到着した。その頃には「まーいいよ。若女将と気分良く飲んでるから。おみゃーさんたち、いなくていい」となった。

　その後、この方は私の大ファンになってくださり、お店を随分かわいがっていただいた。

　お客様からお酒をいただくことを「お流れを頂戴する」と言い、接客の一つとして、お流れ、返杯を毎日繰り返す中、海千山千を地でいく常滑芸者の琴姉さんと出会った。そして「若奥さん、お客様のお酒を全部まともに受けてたら体を悪くしちゃいますよ。飲んだ振りして上手に捨てやっせ」と教わった。

　確かに琴姉さんはお客様を話芸も巧みに笑顔でお相手しながら、杯のお酒をお膳の下に置いた器の中にこっそり捨てていた。「よし、あの手でいこう」とまねてみた。ところが、実際その段になると、目と目が合ってしまった。そのうち「やはり、いただいたお酒は捨てるものじゃない。全部飲もう」と思い直した。だから毎日平均とっくり五本分は飲む羽目になった。

　ある日、いつものように大広間でお客様にお酌をしている最中、女中さんに「若女将、下の部屋の方がお呼びです。すぐ来てください」と耳打ちされた。下へ降りて玄関でお見送りに立っていたら、その人は「なぜ僕の隣までお酌をした後、席を外して戻らなかったんだ。二度とこんなところへは来ない」と憤慨してお帰りになった。深く反省した。「これからは何が何でも全員にお酌しよう。もしそれが無理なら誰にもお酌はしない。零か百の精神で臨む」と心に誓った。

とは言っても、料亭の若女将となってからとことん付き合うことになったお酒は、おいしいと思っていただいたことは一度もなかった。元々、お正月のお屠蘇も飲めなかった。お座敷でお酒ということになってからは、それを殺して飲んだ。飲み過ぎると、トイレに駆け込み、もどして、お茶を飲んではまた飲む、というのを繰り返した。

お酒をおいしそうに飲まれる人を見ると、とてもうらやましくなる。

お酒以外で楽しかった体験を一つ話そう。

お客様が「チンチロリン」で遊んでいた時期があった。サイコロを使った賭け事で、出た目の数の多さを競い、勝った方が皆から出されたお金を全部もらう。そして、また賭けるを繰り返した。

ある時「若女将も入ってよ」と誘いが掛かった。まぐれで私が勝った。全員「後は続かないよ」と口をそろえた。私はお客様に勝つわけにはいかないので「勝つな、勝つな」と念じた。それでも、出る目はままならない。最後は「絶対勝っちゃまずい」の思いで振ったのに、大金が私の元にどっさりと回ってきた。

お客様は「もう二度と若女将は入れない」とむくれ顔になったけれど、こんなものだよ、人生は。「負けなきゃ、負けなきゃ」の謙虚な気持ちこそ勝ちを招くんで、何でも欲が出たら「お・し・ま・い」

6　夢がかなった時

私は男、女、男、そして一九八四（昭和五十九）年二月二十四日、四番目の子として次女を出産し、その後は完全に仕事に打ち込もうと決意した矢先のことだった。

副知事・武川大文様と

愛知県議会事務局長の平松巳喜夫様と副知事の武川大文様から来店予約をいただいた。県庁関係の偉い方を接客するのは初めてだった。どのように振る舞い、どういった会話を交わしたらいいのか、さまざまな不安を持って、部屋の襖を開けた。

その瞬間、目に飛び込んできたのは、パイプを優雅にふかし、優しい笑顔を向ける武川様の姿だった。平松様が「若女将は西枇杷島町長の伊藤留吉さんの孫だよ」と紹介してくださった。これに武川様は「あー、そうですか」と応じ、会話を上手にリードしてくださった。

この日以来、県庁関係のお客様が足を運んでくださるようになる。かつて私が心から望んだお客様で日々部屋は満席状態へと向かう。

それには営業努力を欠かさなかったことは言うまでもない。春の人事異動が新聞に載り、そこに見知った方の名を見つけると、蛍光ペンで印を付けた。そしてノートに作った挨拶回りの予定表を埋めていった。

「善は急げ」であり、それを三日間でこなすと、固く決めていた。本庁、西庁舎、議会事務局と全部署を朝一番から夕方六時まで回るのはけっこうきつかった。

それでも、部屋に入ると、どこでも「おー、待っていたよ」と笑顔で迎えてくださるのがうれしかった。廊下ですれ違えば「うちへはこれからでしょ」と言っていただいた。

不在の場合には手土産として持参した老舗和菓子屋「むらさきや」の饅頭を置いてきた。すると、私の気持ちが相手に「今日は大森さんが来てくれた」と伝わった。

県庁関連では、海部、津島、一宮、長久手、豊明方面の外郭団体も、本庁の終了後に間を置くことなく挨拶をして回った。

最近、西春日井郡の教育者のトップの太田弘先生が「しら河」社長である息子・大延に、こう話してくださった。

「昔はね、ご両親は県庁内をくまなく回り挨拶されたんだよ。あの姿は今も忘れられない。こういう努力の時代があったことを忘れてはいけない。頑張りなさいよ」

私をしっかりと見ていてくださったことに深く感謝した。

県庁関連のご来店が増えてきたある日、靴の間違い騒ぎが起きた。結局は勘違いと思われる中、ここでも大切なことを学んだ。

お客様が帰る際、出された靴に「これはわしのじゃない。わしは足をとられた」と怒り始めた。番号札で管理していた下足番さんは私に「いえ、確かにこれです」と小声でささやく。「もう一度、よくご覧いただけませんか」と確認を求める。それでも、「絶対違う。足をとられた」の一点張りなので、善処をお約束して、スリッパでお帰り願った。

実際、間違ってはいないので、それを翌朝一番に車で自宅へお持ちした。相手は不在で、奥様が「申し訳ありませんでした」と深々と頭を下げられた。私は心の中で「そうでしょ。しょうがないわね」とつぶやいた。

「それでは」と申し上げ、そこを車で後にする際、何となく後ろからの強い視線を感じたので、振り返った。そして、見送りに立った奥様がずっと、私たちが見えなくなるまで、頭を下げているのを確認した。

「何とまあ、そこまで」と感激した場面の一部始終を、帰るなり女中さんを全員集めて話した。その時に徹底を図ったお客様の姿が見えなくなるまでお見送りするというスタイルは今も引き継がれている。

7 口上の開始

「料亭大森なら、あれでしょ」とまで言われたのが私のオリジナルの口上だった。お座敷での挨拶の冒頭の語りのことで、仕事に専念する

こととなった一九八四（昭和五十九）年五月に始めた。お店を特徴づけるその重要なものを生むきっかけとなったのは実はなじみのお客様の何気ない一言だった。

それまでの挨拶は、先代、私、女中さんによる三つ指突いてのお辞儀と共に、女将の口上も「本日は当店をご利用いただきまして、誠にありがとうございます。私共誠心誠意務めさせていただきますので、どうぞごゆっくりとお過ごしください」と型通りだった。

これに対して、県庁企画部の堀正之様が発した「どこの旅館、料亭に行っても同じだよね。これじゃ、つまらないじゃないか。あなたのオリジナルの口上を考えなさい。それを披露すれば、きっと、お客は喜ぶよ」の言葉にひらめいた。

「そうだ。これだ」。猛勉強が始まった。

近くにある愛知県図書館に時間を作って日参した。長い本を読み切るには時間が足りないと思っていると、児童書のコーナーが目に留まった。これが大成功だった。理解しやすく書いてあるので、口上のヒントを得るには最適だった。とにかく読みあさり、要点をノートに自分流にまとめた。

よちよち歩きで足を踏み入れた書物の森では、自ずと向かう先が定まっていった。

今は手元に、四季ことわざ辞典、万葉集、古今和歌集、新古今和歌集、小倉百人一首、源氏物語、枕草子、徒然草、世阿弥、論語、言志四録、中村天風、色で読み解く日本史、戦国名将一日一言、氷川情語、吉田松陰、中国古典、菜根譚、空海、道元禅師語録、座右の銘世界名言集などが残る。

付箋が貼ってあるページを開けばマーカーによる線がくっきりと浮かぶ。

「百聞は一見にしかず」。内外各地を韋駄天のごとく走り回った。

桜の時季の西行庵、吉野、根尾、五条川、須坂、信州高山村、高松塚古墳、紀伊三井寺、京都栂尾高山寺、徳川家光公三百五十年御遠忌で廟所が初公開された際の日光東照宮、平家納経の厳島神社、大好きな白洲正子さん収集の骨董品七百五十点が展示された時の信楽ＭＩＨＯミュージアム、尾形光琳の紅白梅図屏風を所蔵するＭＯＡ美術館、日本三大弁財天の一つの江島神社、鑑真和上の唐招提寺などが思い出深い。

いずれも日帰りで、ご飯を食べる時間も惜しんで駆け回り、夜はお座敷に出た。気軽に「私も一緒に行きたい」と言った友人は、それを知って、二度とそれを口にしなくなった。そんなハードさでも、見るべきものを見て帰路に就くときの充実感は何物にも代えがたかった。

海外もアジア、オセアニア、中東、欧州の各国を歴訪した。

こうして得た情報を基に、いざ口上の腹案を練り上げ、お座敷で実際に披露した。それはお客様に受けはしても、自分としては何かが足りなかった。そうした思いを抱きながら迎えた一九九五（平成七）年の新春、受け取った年賀状の中に最高のお手本を見つけた。

A HAPPY NEW YEAR
1995
去年の冬、厳寒のノルウェーで目にしたのは、より速く、より遠く、より美しく、
世界の頂点を極めようとするOLYMPIANの姿でした。
去年の夏、灼熱のアメリカで目にしたのは、国の威信と男の意地と誇りを賭けて、
ひたすらボールを追い、相手ゴールへ疾走するFOOTBALLERの姿でした。
スポーツの檜舞台は、言い尽せないドラマの数々に彩られています。
「感動見聞録」今年も精一杯あなたにお伝えします。
内山俊哉
勤務先：NHK名古屋 アナウンス 〒461-91
☎052-952-7214 FAX052-952-7034

去年の冬厳冬のノルウェーで目にしたのは
より速くより遠くより美しく
世界の頂点を極めようとするＯＬＹＮＰＩＡ
Ｎの姿でした
去年の夏灼熱のアメリカで目にしたのは
国の威信と男の意地と誇りを賭けて
ひたすらボールを追い相手ゴールへ疾走する
ＦＯＯＴＢＡＬＬＥＲの姿でした
スポーツの檜舞台は言い尽くせないドラマの
数々に彩られています
「感動見聞録」今年も精一杯あなたにお伝え
します

内山俊哉
ＮＨＫ名古屋アナウンス

今も現役で活躍する内山様の言霊が光り輝く
この年賀状は私の宝物として今も大切にしまってある。

８ 私の知恵袋

口上を述べる際に大事にしたものとしては「間」がある。文章にも行間があり、世界に誇る掛け軸にも余白の美がある。一呼吸置くことで話が生きてくる。

話をする際に相手に伝えたいものは、言葉うんぬんよりも、気持ち、心だろう。それを口上という枠の中で、簡潔にまとめ上げるのには難しさがつきまとう。

口上は毎月ごと、当初は一つ、やがて複数用意した。そのための知恵袋が二種類あった。一つは腹案を記したノートで、そこにはお客様の名前も並んだ。最後には十四～十五冊まで積み上がった。もう一つは書物を読みっぱなしにはしないで自分流に要点をまとめたノートで、これも最後は二十冊近くになった。いずれも会話の引き出しとしての役割も果たしてくれた。

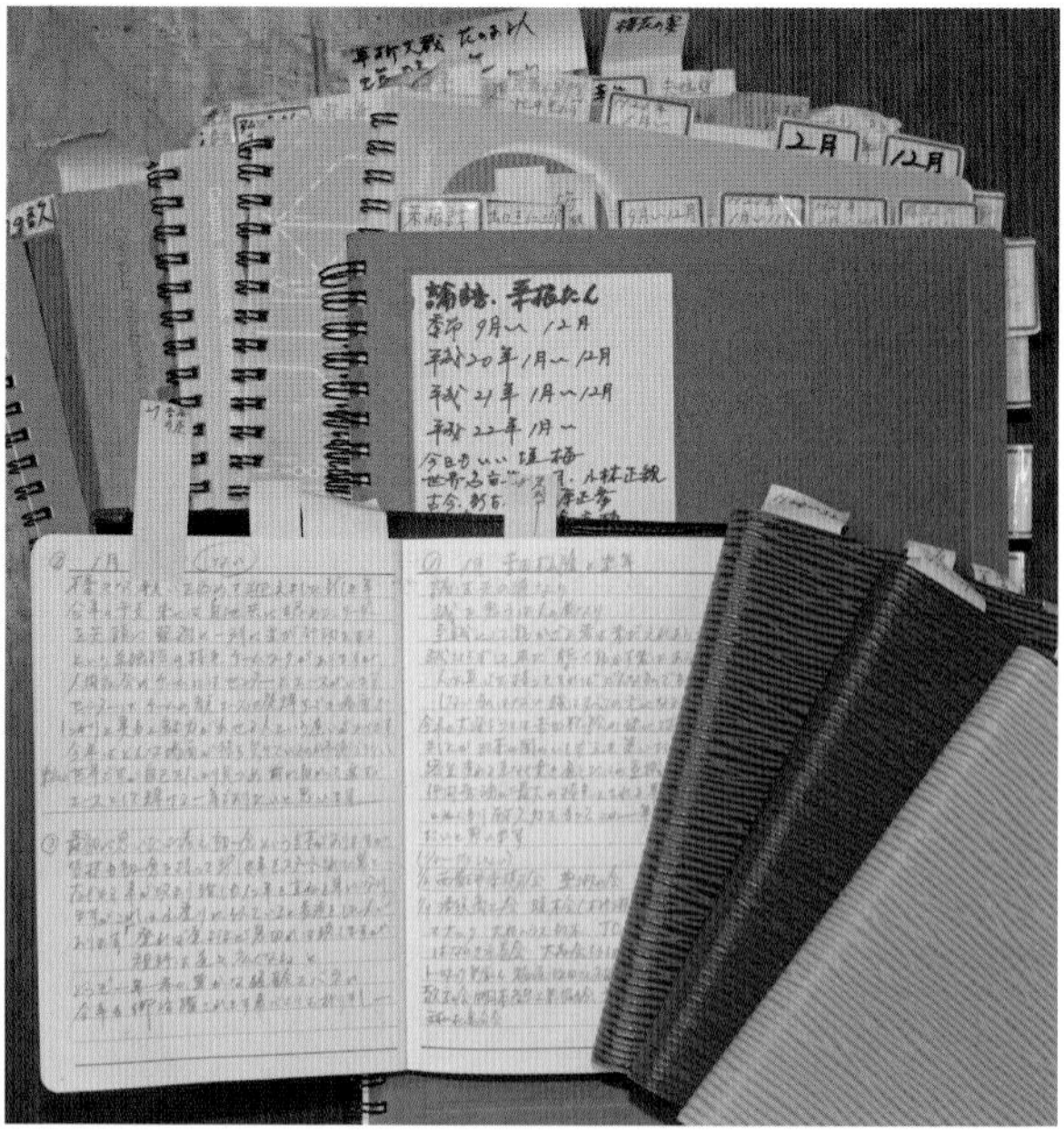

口上は文章にして十行から十二行、常に一定の長さを保った。必ずキラッと光る言葉や数字を盛り込んだ。時々の話題を少しは取り入れても、政治や一部の人だけに通じる事柄に触れることは絶対に避けた。

多くのお客様の前で口上を述べてきて思ったことをいくつか記す。

やり直しのきかない舞台として常に緊張感を持って臨まないと危うい。月の半ばで少し気を緩めると、実に簡単な言葉をど忘れする。焦れば焦るほど次が出てこない。そして、後々、深く反省することになる。

先生方の集まりなので、当然静かに聞いてくださると高をくくっていたら、口上などどこ吹く風だったことがある。その逆で私語が多いだろうなと思っていた若者の席が水を打ったように静まり返り最後まで聞き入ってくださったこともある。

何事も外観で判断しない、最初から決め付けない、ということが教訓となり、その中で鍛え上げられた口上が「大森にはこれ。これがある」と言われるまでに深く根付いた。

それもこれも、すべての源は堀様のアドバイスにある。あれがなければ、私には好奇心も向学心も芽生えなかっただろう。改めて感謝申し上げたい。

9 スペイン語で口上

ビエン・ベニーダ　セニョーレス
エスタンウス　テーデスエン　スカーサ
オイ　エモス　プレパラダ　コミーダ
ハエネッサ　デルオートニヨ
エスペロケ　パーセン　ウステデス
エスタタルト　プロデュース
コンノソトロス
イーテンガン　ブエンビアッへ
ムーチャス　グラシャス

皆様ようこそ日本へ
本日は日本の伝統的な
お料理をご用意致しました
どうぞ楽しい一時を
お過ごしください
ありがとう

二〇〇一（平成十三）年、スペインのヘレスという町から、お客様をお迎えし、その際に、スペイン語で口上を述べて、やんやの喝采を浴びた。

ヘレスは、アンダルシア地方のフラメンコやシェリー酒で有名な町で、清洲町（現・清須市）が武田晋町長時代に姉妹提携した。親善訪問団の派遣が何度もある中で、二度それに参加させてもらった。

延々と続くグリーンの樹林をバスで気持ちよく走り抜けると、オリーブ畑が果てしなく広がった。皆、陽気、元気で、本場のスペイン料理がおいしく、デザートの味が濃厚だった。

このほか、一回目はマドリード観光を楽しんだ。ガウディのサグラダファミリアでは大工さんのつち音に永遠のロマンを感じた。プラド美術館は考えられないほど静かで、ゆったりとダビンチの「モナリザの微笑」を鑑賞した。ソフィア王妃芸術センターのピカソの大作「ゲルニカ」もしっかりこの目に納めた。

さらに、二度目は地中海沿岸で家々の白い壁と青い空、海のコントラストが美しいコスタ・デル・ソルも周遊した。世界最古の闘牛場ロンダでは実演は見られなくても、雰囲気は十分味わえた。歴代の闘牛士の紹介の中に日本人の写真を見つけ、こんな古き時代に何と勇気のある方だろうと思った。

スペイン・ヘレスでの晩餐。私の隣は武田晋町長

そうしたことの延長線上にヘレスからの訪問があり、メンバー十数名の入国後初めての歓迎レセプションを当店が受け持った。

私も海外に出掛けた時、たとえ片言でも日本語を聞くとほっとする。今回、口上だけはスペイン語でやろうと決めて、青山学院大学でスペイン語を専攻していた長女に相談した。テープに録音先生にスピーチをお願いして、テープに録音してもらった。その速さに舌を巻き、カンニングペーパーでも作ろうかと思った。その時の次女の「こんな短い文、お母さん覚えられないの?」の一言が私の負けん気に火をつけた。

そして迎えたその時、私がスペイン語で、何も見ないで、口上を述べると、皆、一気に打ち解け、ついには炭杭節をお祭りのごとく踊る一幕もあった。

10 司会そして講演

ユニークな口上が知れ渡り、「話せる女性」としての評価が高まったのか、二〇〇〇(平成十二)年四月、ロータリークラブ地区協議会の司会を仰せつかった。

主人が所属する西春日井ロータリークラブ(現・名古屋清須ロータリークラブ)が担当した大会で、お店ご愛顧の筆頭格だった伊藤昇様より「女将さん、司会はあなたに決めたから、頼むね」と突然のお声掛けがあった。

「私で務まるのでしょうか」

「大丈夫、大丈夫、女将さんならできる」

ロータリークラブの活動内容についてまだ詳しくなく、司会の内容や大会の規模など何もかもチンプンカンプンプンの中、大切なお客様の頼みとあって「はい、分かりました」と答えて、当日その場に向かった。

そして、いざ、ふたが開いたところで、びっくり仰天、さあ大変となった。会場はホテルナゴヤキャッスルの一番大きなホールで、出席は二千人にのぼった。リハーサルで、足がすくみ、声がかすれた。ずっと先の一番奥の席はかすんで見えた。

この時、私の背中を押したのは私自身のこの言葉だった。

「ここまできて失敗は許されない。私一人の問題ではすまされない。私はロータリーの皆様の思いを背負っている。頑張るしかない。最後まで気を抜くことなく行け」

そして、迎えた本番では、冒頭を季節の言葉で美しく飾り、興味を引きそうな一言を発した後の情景を今も鮮明に記憶する。最前列で起きた「ワォー」という小波が後ろに到達し、今度は大波となって跳ね返ってくるさまは、まるで時を刻む一枚の大きな絵画だった。

もう一回お願いしたいと言われても引き受けることは絶対ないだろう。それこそ心臓がいくつあっても足りないのではないかと思う。

この地区協議会に参加された長久手北ロータリークラブの方が伊藤様に「どこのアナウンサー?」と尋ねられた。「うちのロータリアンの奥様で素人ですよ」と答えると、「ぜひわが方の会でも」ということで、また司会を務める運びとなった。

二〇〇五年愛知万博誘致のための会で、ゲストは黒川紀章さん、時期は春の桜咲くころだった。二度目の余裕で、装いにも目が向き、最初はピンク系の桜の着物、夕方は黒の桜の着物をまとった。どなたも、お色直しがあるとは考えなかったはずで、なかなかのアイデアだったと自負する。

司会とともに、講演の依頼もあり、名北、名

古屋清須、和合の各ロータリークラブ、名古屋西ライオンズクラブ、関商工会議所、若鯱会、ダイヤモンドシティ、宅建協会名西支部の会合などで壇上に立った。

心臓パクパクの第一回講演の頃、お客様がこんな話をしてくださった。

「あの大物スター越路吹雪さん、コーちゃんでも自分の出番直前は舞台の袖でぶるぶる震えていたそうだよ。いよいよ出番となり、舞台に出てしまったら、私たちが知る大スターとなったんだって」

これを聞いて、私はこう思った。「そうか、あの大スターでさえも緊張するなら、私ごときちっぽけな人間が緊張するのは当たり前なんだ」。この変な納得が緊張しそうな時の肩の凝りをほぐしてくれる。

講演に当たっては自分にいくつかの心づもりがある。

およそ一時間半として、起承転結、時間配分を含めて事前に入念に案を練る。そして、本番では何も見ないで話し切る。資料を配って見てもらったり、スライドを使ったりはしない。話すということは、何を語るかではなく、相手が何を受け取るかだ。脱線材料も用意して、聴講者の反応を見ては繰り出す。講演中一度だけ聴講者に質問を投げ掛ける。

あの日、あの時の記録をたどると、話した内容が脳裏に浮かび、懐かしさがこみあげてくる。その中で最も心に残る蒲郡市立ソフィア看護専門学校での講演について記す。

同校の副校長で、看護学校の同級生だった田川則子さんより依頼があった。看護婦の資格があり、社会で活躍している人という条件に照らしての人選だったようだ。

書などの作品をたびたび西尾張地区
ロータリークラブ美術展などに出展

二〇一一（平成二十三）年十一月二日、戴帽式を控えて、一～三年生百十八名、教職員、実習施設指導者らの前で一時間半、「信頼への道　記憶に残るおもてなし」と題して話した。

ここで、その内容を簡潔にまとめてみた。

長い人生には岐路がある。バレーボールに打ち込むために商業高校に進んだ。そこで根性を培った。進路を看護婦に定め、そこへの過程で瞬時の判断力と決断力を身に付けた。そして女将になった。

信頼されるための条件の一つとして技術がある。優れた技術を持つ人を敬おう。そして、その人から学ぼう。患者さんと向き合う時、それを役立てよう。知識を幅広く習得するための積極性に期待したい。好奇心と探求心で医学以外からも多くを学んでほしい。

看護婦は命を預かり、女将は信用を維持するために命をかける。難局でも最初から諦めてはいけない。最後までやり抜く気力を持とう。限界は終点ではなく超えるべき一線である。

翌年も講演した。

一年生全員からもらった感想文は今も手元に大切にしまってある。

11　話術と話芸

一体いつから人前で以外と平気で話せるようになったのかな？　と考えた。

私の母は文学少女で母の本棚には数え切れないほどの書物が並んでいた。よく「本を読みなさい」と言われて育ったのに、なぜかそれには手が伸びなかった。

小学生の頃、夏の思い出の作文はいつも、母にお願いして、書いてもらった。それには、優秀な子が体育館で全校児童を前に発表するというおまけが付いていた。

母というゴーストライターの手による作文は出来がよく、しばしばその対象となった。ただ、その場合、私は読み上げるのではなく、暗記して語ってのけた。

高校生の時は英語の弁論大会に出場して、カブトムシとビートルズについて語った。カブトムシはＢｅｅｔｌｅ、ビートルズはＢｅａｔｌｅで、スペルの違いを楽しむという内容だった。それも、先生が考えて、私が丸暗記して発表するという具合だった。

英語は今でも話せるとは言えないけれど、当時から発音だけは良かった。長い原稿をよくも覚えたもので、順調に進んだ。

ところが、あと数行で終わるという、その間際に、バレーボール部の仲間が会場に入ってきた。皆の顔を見た瞬間、安心したのか、口をついて出た英語は全く違う前頁のフレーズだった。これで入賞はなくなった。

この苦い経験から、今も話をする時は、視線の先を固定して、注意をそちらに向けるということはしない。相手が皆、自分の方を見てくれていると思ってもらえるように、一カ所に焦点を合わせないで、ただ漫然と前を見る。

看護学生の頃、毎朝三分間のスピーチが課題となっていた。人の話を聞いて、楽しいな、つまらないな、などと感じる。どうせなら、内容を充実させるために、どうすればいいかを考える。そうした切り替えが私の基本であり、オリジナルの口上もそこから生まれたという側面がある。

大切なお客様を言葉でもてなす場は、やり直しのきかない舞台で、一回一回がそこでの真剣勝負と考える。お客様に常に感動を伝えるために欠かせないのは、自分自身、常に豊かな感性を持ち続け、豊富な話題、多くの引き出しを用意することだろう。そのため、自分の目で確認する必要がある場合にはその都度、足を運んできた。

奥の深い話術と話芸の道について、つらつらそんなふうに思う。

12 しら河の独立

料亭大森の西隣に併設された「うなぎ店」は一九七七（昭和五十二）年十月、定食・単品の「大森の店しら河」に名を改めた。お客様に料亭と混同されないようにとの判断からだった。

「しら河」の名は、お店の土塀造り、なまこ壁から、白河（福島県）を連想したことによる。みちのくへの玄関の城下町で、姓名判断により「白」は平仮名の「しら」になった。

八九（平成元）年十一月には、「有限会社しら河」を設立して、「大森の店しら河」の営業を移管した。ひつまぶしが名古屋めしとして認知され始めたころで、うなぎ、特にひつまぶしに専門化した。

ひつまぶしの価格を千四百円と設定しての船出は決して順調とは言えなかった。さらに千円という安価で地元の皆様向けの五日間フェアを開催しても、ほとんど売れず、「どうしましょう」というありさまだった。

せっかく仕上がった品を無駄にはできないと思い、近隣の会社に「試食してください。大森がひつまぶしを始めました」と必死で営業したことを懐かしむ。

それから十年の時を経た九九（平成十）年、しら河二号店として今池店を今池ガスビル地下一階に開設した。これにＪＲ名古屋タカシマヤ店、栄店（栄ガスビル地下一階）、名駅店（アクロスキューブ一階）の開業が続いた。

その間の二〇〇七（平成十九）年六月、浄心本店が、料亭大森の西隣から向かいの今の場所に移り、鉄筋コンクリート三階建てへと装いを一新した。

料亭大森が親なら、その傘の下に浄心本店を始めとする、しら河五店が子供として育った。今では断然、しら河、ひいては、ひつまぶしのしら河の知名度が高まり、全国各地からのお客様を迎えるようになった。

二週間に一度定期管理者会議を開き、さまざまな意見交換、試行錯誤を重ねるなど、これまで続けてきた努力が見事に実を結んだのだと痛切に思う。

ある日、遠路はるばる鳥取から車で来たという親子三人連れのお客様をお迎えした。待ち時間が二時間近かったので、帰り際に「大変お待たせして申し訳ありません」と声を掛けた。

すると「とんでもない。みーんな本当に幸せな気分になり、帰れます。本当においしかった」の言葉が返ってきた。笑顔にほっとした。どんなに忙しくても、調理に接客に決して手を緩めないと心に誓った。

13 城見の間に宮様

料亭大森の一九六六（昭和四十一）年竣工のビルには最上階の四階に「城見風呂」があった。二つの大きな湯船から名古屋城がほぼ一望できるなどというのは珍しく、人気だったらしい。

しかし、時代とともに、せわしさを増した皆様がここでのんびり風呂とはいかなくなった。開設から十数年たったころには、利用も少なく、逆に部屋が足りないという状況だった。

「お風呂を普通の部屋に改造したらどうか」との声が上がり始めた。ただ、エレベーターがない中で、お客様が階段で四階まで上がっていただけるのか、という点に不安があった。

あれこれ迷っていた時、浦野設計の先代浦野三男様の「階段でも上がるよ。お城が見える特別室だよ。それをＰＲしなさい」との言葉に背中を押された。

今思えばこの時、城見の間に改造したからこそ、後の高円宮様の御来駕が実現したのだろう。皇族のお出ましは、願ってかなうものでもない。それを可能とする助言をいただいた浦野様を今も大恩人と仰ぐ。

九〇（平成二）年八月二十九日、バスケットボールジュニアアジア選手権がレインボーホール（現・日本ガイシスポーツプラザ）であった。その後、ホテルナゴヤキャッスルを会場とする歓迎レセプションで、来賓の高円宮様は冒頭の挨拶のみで退席されて当店へご移動、城見の間に上がっていただいた。

名古屋市長の西尾武喜様からのご依頼で、推薦していただいたのは市スポーツ課長の河村鎗一郎様と分かった。この名誉、終生忘れるわけもなく、西尾様、河村様に改めて心より感謝申し上げたい。

お迎えにあたり、どのようにしたらよいのかと悩んだことが二つあった。

一つは、宮様には四階まで階段で上がっていただかなくてはならないので、どうエスコートするか、だった。もう一つは、どんな会話をしたらよいのか、何を尋ねられるのか、質問には答えていただけるのか、だった。

当日、階段は私がご誘導させていただいた。三階の踊り場まで来た時、木村庄之助さん揮ごうの「根性」の横額が目に入った。「そうだ。これだ」とひらめいた。「殿下、このお気持ちで四階までお上がりいただけますか」と横額を指でお示しした。

殿下は「分かりました」とお答えになり、難なく四階まで上がられた。部屋に入る際には「女将さん、普通にしてくださいね」と小声でおっしゃられ、スリッパをそろえて上座正面に進まれた。このお言葉で緊張感が随分和らいだ。

SPを含めたお付きの方々は二十名ほどが三階の大広間で待機した。宴が始まる前には「女将さん、殿下に決して『お流れ』を求めないように」と釘をさされた。

上座正面は殿下お一人だけで、あとの方々は左右に分かれて着座した。殿下の前には誰も行けず、私だけがお酌をして差し上げるという決まりだった。


会話が弾んで、殿下は上機嫌となり、お酒も進んだ。いつしか予定の一時間が過ぎた。お付きの方々が店の者に「まだですか」と何度も聞いたようだった。中埜酒造さんの国盛の四合瓶が一本、二本、さらに半分、ほぼ一升あいた。

殿下が「国が栄えるとは、いいネーミングですね」とご自身で選ばれた冷酒だった。「殿下はお強くていらっしゃいますね」と申し上げると、「いいえ、浩宮様の方がお強いですよ」とお答えになられた。

さらに「私共はこのように日本のどこかに行って見聞きしたことを話すのが楽しみの一つです。よく浩宮様ともご一緒します」とおっしゃられた。お土産に国盛を数本お渡しした。

さあここで、読者の方に質問。

殿下が「名古屋は鶏が有名ですね。以前、殻がブルーの卵を見たことがあります。何という鶏でしたか」と尋ねられ、同席の方々の間では沈黙が続いた。

私はといえば、天にも昇る気持ちになった。なぜなら、三日前、看護学校の同級会で、小原村（現・豊田市小原）の「たまご村」に立ち寄り、質問のブルーの殻の卵を買ったばかりだったから。「南米チリ原産のアローカナという鶏の卵です」と申し上げた。

すると、「あー、そのような名前でしたね」とにこりとされた。そして次に「じゃー、私が今までに食した物でおいしいと思った物が三つあります。何だかお分かりになりますか」。またまたの難問に、今度は私も含めて、誰も正解を出せずにいた。

このため、殿下自ら

一つ　北海道の男爵芋の上にバターとイカの塩辛をのせて食べること

二つ　腐りかけた野沢菜に鷹の爪を混ぜて食べること

三つ　松茸をバターで炒めて、それをご飯にかけて食べること

と列挙された。

宴は二時間に及び、この間、殿下は、一度も中座されることなく、お酔いになった様子も見せず、終始笑顔で過ごされた。お話の内容も充実していて、とても聡明で、存在感のある、大切なお方とお見受けした。

14　著名なお客様

高円宮様は別格として、どなたもご存じの著名な方々を数多くお迎えした。その場合、城見の間を基本としながらも、二階の吉野の間か中二階の和光の間にご案内した。化粧室を備えていて、他のお客様と顔を合わすことなく、ゆったりとお過ごしいただけた。

高橋尚子さん

二〇〇〇（平成十二）年シドニーオリンピックのマラソンで金メダリストとなってから間もない頃だった。Qちゃんの笑顔が見られるチャンスとばかりに、スタッフ一同、期待に胸を膨らませて迎えた。城見の間から名古屋城を懐かしそうに眺めていたのが印象的だった。名古屋国際女子マラソンで周辺の坂道から勝負をかけてシドニー行きの切符を手にしたことを思い返しているようだった。

和泉元彌さん

〇一（平成十三）年のＮＨＫ大河ドラマ「北条時宗」で主役を演じて人気絶頂となった頃だった。爽やかな好青年といった印象で、凛とした立ち居振る舞いは流石だった。「長いせりふで大変でしたね」と尋ねると、同行のお姉さんから「いえ、元彌にとってはそんなに難しいことではなかったと思います」との言葉が返ってきた。

時は流れ、一六（平成二十八）年に、名古屋能楽堂のお店に寄っていただいた。翌日の講演内容を簡単にまとめてみた。

日本の芸能の中で唯一純粋の喜劇である狂言は六百年前に誕生した。教科書はなく、師匠から弟子への口伝で伝統を保持してきた。現在、大蔵流と和泉流の二流があり、私の属する和泉流は演目が二百五十四ある。

まず言われたことを守ってやってみよと教わる。人の道で約束を守ることと同じだ。靴下は左足からはく。切腹の時に右足からはかまをはいたからだ。つつがなくとは変わらないことを変わらないようにすることだ。六百年もの間、変わらないものを守り、今日まできた。

先人の言葉に一念を傾け、今の時代に生き、未来に残す。これが私の使命だ。そのために欠かせないものが真っ白な心だ。いつも何でも受け入れる素直な心でいる。それがあるからこそ成長できる。

胸にしみる言葉で自らの指針としている。

山口淑子さん

部屋に入るなり、ほっとされたのか、疲れた

和泉元彌さんと

山本陽子さんと

市原隼人さんと

表情で「何もいらない。そうだ、漬け物が食べたい。ぬか漬けがほしい」とおっしゃった。お出しすると、本当においしそうに口にして、続いて発した言葉は「あー生き返った」だった。有名になると食事もままならないのか、自分はほっとできる場所があり、友人に恵まれて幸せだなあ、などといろいろ考えさせられた。

山本陽子さん

自分が山本陽子に似ていると言われたこともあるので、しっかり実物を拝顔して得た結論は「やはり女優さんは美しい」だった。

メダリスト勢ぞろい

フィギュアスケートの荒川静香さん、スピードスケートの岡崎朋美さん、レスリングの吉田沙保里さんというビッグなお三方をそろってお迎えした。荒川さんが〇六（平成十八）年トリノオリンピックで金メダルに輝いた後のことで、中日新聞社スポーツ事業部の馬庭重行さんのご配慮だった。

荒川さんを横から眺めて、ウエストの細さに驚いた。岡崎さんは透き通るような美しい肌の持ち主だった。吉田さんは本当に明るくて元気だった。

スピードスケートの選手の太ももは見事と耳にしていて、岡崎さんもそう見えた。図々しく「触らせてもらっていいですか」と聞いたら、「いいですよ」と気軽に応じてくれた。「ちょっと失礼」とばかりに触れた感想は「それはそれは、ご立派」だった。

板場さんたちが「一目見たい」と玄関にずらりと並んでお見送りした。岡崎さんは笑顔で自分から手を差し出し、板場さん全員と握手してくれた。一同、満面の笑みを浮かべて「手を洗えない」と言い合った。

市原隼人さん

二〇一一（平成二十三）年のテレビドラマ「ランナウェイ～愛する君のために」のワンシーンを収録した。九州から四国、大阪そして名古屋へと逃亡中、名古屋めしのモーニングセット、ひつまぶしを食するという設定だった。

ディレクターによれば「近所の人には内緒にしてください。道路上のファンの奇声を拾ってしまったら撮影中止になるので」というお達しの、厳重警戒態勢下のロケだった。写真撮影の許可を求めると、当然のごとく「絶対ノー」という返事だったので、黙ってちゃっかりツーショットを撮らせてもらった。

真面目な好青年という印象で、顔が小さいなあと感じた。帰り際に「見る人の記憶に残る俳優さんを目指してください」と激励した。「はい、頑張ります」と爽やかに答えた時の笑顔が素敵だった。

樹木希林さん

病気になる前、まだ元気でいらした二〇一四（平成二十六）年、城見の間への案内で、四階まで階段で上がっていただいた。

お部屋に着いて、ほっと一息ついてから、担当者と何気なく交わした会話が、いかにもおもしかった。

「お料理はどのように運ばれてくるの？」

「はい、リフトです」

「そうでしょうね。おねえさんたちは？」

「階段で上がり下りしています」

「そうなのね。私ここで雇ってもらおうかと思ったけど、階段じゃ、あきらめるわ」

お茶目、聡明など、一言では表現しきれない大女優の面目躍如だった。

担当者であろうと、同席者であろうと、相手を問わず、人の話に真剣に耳を傾けていたのに感心した。

泉ピン子さん

樹木さんの来店とちょうど同じ頃、お越しいただいた。

「橋田寿賀子さんの脚本はとてつもなく長いので、大変でしょう」と尋ねた時の答えが振るっていた。

「だって覚えなきゃマンションの家賃払えないでしょ。生活がかかってりゃー、しっかり覚えるわよ」

画面で拝見する通りの物言いだった。

お付きと思われる女優さんの卵にはこう言い放つのを聞いた

「あなたね、先日、舞台にただ突っ立ってたけど、あれじゃ駄目だよ。せりふがない時だって、お客様に何か感じてもらわなきゃ。それが演技っていうものよ」

厳しいけれど、とても重要なことを指導しているように思えた。

白鵬関と照ノ富士関

大相撲の一五（平成二十七）年名古屋場所開幕直前に、横綱白鵬関と大関照ノ富士関のお二

白鵬関㊧と照ノ富士関と共に＝しら河浄心本店前

人を、しら河浄心本店にお迎えした。

大切な常連さんとの写真撮影、サインのサービスなどホスト役を務める日、昼食は、ひつまぶしをしっかり、という場所担当の千賀ノ浦靖仁親方の配慮だった。

横綱は特上ひつまぶしをあっという間に平げたので「足りましたか。よろしければ、おかわりを」と尋ねると、ベストの体調作りのために「今から食事制限です」と辞退した。

横綱の務めを果たすための努力に敬意を抱きながら、ファンサービスを控えて「大変ですね」と水を向けると、「楽しみにしています」との答えが返ってきたのにも感心した。

後援会に作ってもらったという着物は見事だった。色調、柄、特に背中に描かれた観音様の気品あふれるお顔に引かれた。帰り際、孫を抱き上げて頬にチュッをサービスしてくれたこともあり、たちまち大ファンになった。

15 節分お化け

節分お化けは、立春を前に仮装して、厄払いをする古い儀式で、二〇〇〇（平成十二）年ころ、京都祇園などでイベントとして復活していた。当店でも〇二（平成十四）年に始めて、恒例となり、好評のうちに二一（令和三）年、記念すべき二十回を数えた。

このあたりでは今もあまり耳にしない当店の大きな特色で、そのきっかけはと言えば、これもお客様の提案だった。常連筆頭格の一人、飯島製本の飯島昇様の「女将も来年からやったらどうかね」との勧めに「はい、分かりました」と即答した。

第一回は「芸妓」に扮した。

「芸妓なら芸事も披露するんでしょ」との声を受けて、日本舞踊を本番一カ月前から初めて習った。稽古は計六回で、もちろん、時間に余裕がある限り、予習、復習を重ねた。

　何とか形が整ってきたとはいえ、付け焼き刃なので、不安がつきまとった。先生から「もし振り付けを忘れたら、体を垂直に保ち、様になる手振りで何となくごまかせば、それで大丈夫よ」との助言をもらった。「それなら何とかなるだろう」とようやく気持ちが固まった。

　メークの後、鏡で自分の顔を見て「こんなにも変わるんだ」と驚いた。「私だとは誰も気付かないかもしれない」との思いが変な自信につながった。他人を装ったつもりで、十もの部屋を出入りし、「隅田川」を上がることなく無事に舞えた。

　終わった後は、さすがにヘトヘトだった。

　演目に関して二点こだわった。毎回違うものにした。意表を突くものを選んだ。

　第二回は大好きな「紫式部」になった。

　おすべらかしの鬘《かつら》を着けた姿形に自分自身も酔った。

　とはいえ、その過程は、まさに年に一度の修

節分お化けを提案していただいた飯島昇様と

行だった。昼を過ぎて二時半からメーク、三時十五分から着付け、四時に鬘と進んだ。お客様のお迎えが夕方、最後のお見送りは十時過ぎだった。

この間、頭は締めつけられ、お手洗いにも行きにくかった。よく耐えた。それもこれもお客様の拍手喝采があればこそだった。「最高ね」の掛け声とともに、鬼が笑いそうな「来年も」との予約を早々といただいた。

第三回は「花魁」を華やかに、そして艶っぽく演じた。

第四回は「吉野大夫」で、冒頭こう切り出した。

「江戸吉原の高尾太夫と並び称され

十三年にわたって京都六条の七人衆の

筆頭にあげられた

吉野太夫徳子に化けさせていただきました」

オリジナルの口上の節分お化け版で、これ以降恒例となった。

太夫というのは花柳界の最高権威で、吉野太夫はそのうちの一人だった。何代も続く中で、徳子が有名だった。引きよせる何かがあり、墓のある京都の常照寺まで出向いた。そこで、こんな話を聞いた。

太夫七人衆の集まりに、同時刻ごろ、お座敷がかかっていた吉野大夫だけ、遅れて駆け付けた。皆競って鮮やかに着飾る中、急いでいたため一人だけ真っ白な衣装だった吉野太夫の美しさが一層秀でていた。

記録が語る事実だそうで、その姿に変身したことと相まって大切な思い出となっている。

第七回の男装「光源氏」は今もなお評価が高い。

第八回の「羽衣」からは膝を痛めて正座が不

可能となったことから、立ち姿となった。
第十回の「北斎『二美人図』」からは若女将と共演した
それまでは演目が簡単に思い付いたのに、このころから、なかなか決まらなくなった。NHK紅白歌合戦に何度も出場する美川憲一さんや小林幸子さんらの衣装選びの苦労はいかばかりかとも思った。

そして迎えた第二十回「市川海老蔵歌舞伎竜宮物語」では二人とも乙姫様に化けた。

二十年来お世話になってきたメークの板倉京子さん、着付けの内田清次さん、鬘の神田峰彦さんに、いつものように自宅にきてもらい、準備を始めた。

名古屋能楽堂のお店を閉めることはすでに決めていた。節分お化けも「これが最後」と感慨にふけっていると、若女将からいち早く「来年もやりたいね」との声が上がった。「そうか。そうだ。来年もやろう」とあっさり場所を変更しての続行を決めた。

業務用マイクロバスでお店に移動した。玄関先、ホール、隣にある能舞台の前などで記念写真に納まった。お客様が三々五々やってきた。お部屋を順番に挨拶して回った。

口上は若女将に任せた。
「市川海老蔵
宮本亜門で公演された
竜宮物語より
乙姫様に化けさせていただきました」

そこでの節分お化けは終了となり、翌年からは毎年、しら河四店を二店ずつに分けて回る考えを明かした。お客様の「私たちはどこへでも女将さんを追い掛けていくよ」という励ましが本当にうれしかった。

20回目の節分お化けで常連さんと

16 手術—試練の時

健康体だと自負していた私が三度の全身麻酔手術を受けることとなる。

最初は二〇〇二（平成十四）年四月、大腸がん（S字状結腸がん）の腹腔鏡下のオペだった。名古屋第二赤十字病院で、執刀は名医録に名前が載るゴッドハンドの長谷川洋先生だった。

腹腔鏡下のオペは今でこそ主流でも、当時は最先端医療だった。幸いにも看護学校の同級生の伊藤安恵ちゃんが看護副部長で、縁を結んでくれた。

大腸がんの手術前には大腸ファイバーでの確認があり、内科医が担当する。ここでもゴッドハンドの林勝男先生との出会いがあり、検査中の研修医とのやり取りに感銘を受けた。

林先生は「君たちはこれを受けたことがある

か」と尋ねた。「一度もありません」との返答に「駄目だよ、実際に自分が体験しなきゃ、患者さんの苦しみも分からないだろう」と諭した。

看護学生時代のこんな体験を思い出した。

抗生物質の皮内注射を打つ場面で、頻繁にするものではないため、不安な顔をした。それを先輩が見逃がさず、とっさに自分の腕を差し出し、「ここで練習してから患者さんのところへ行きなさい」と言ってくれた。感じ入り、こうした対応をしっかりと引き継いだ。

手術後、長谷川先生に「転移はありませんでしたか」と尋ねた。「一つ、リンパに」との返事だったので、「いつかまた手術かな。一年か二年か」と覚悟を決めた。一年後に分かった肝臓転移をすんなり受け止めた。

〇三（平成十五）年の肝臓がん手術も長谷川先生に腹腔鏡下でお願いした。

大腸がんの宣告を受けて死を覚悟した。だから今後は行きたい所へは行く、何でも後回しにはしない、と決めた。後悔は絶対にしたくなかった。

以前からエジプトのアブ・シンベル神殿を自分の目で確かめたかった。術後十カ月だったけれど、主人に「娘二人を連れて、行ってもいいか」と聞いた。

エジプトでラクダ観光

主人は即座に「そうしなさい」と言ってくれた。もしかしたら、がんの再発を懸念しての返事だと理解した。

手術続きは本音では、やや苦しかったけれど、いい事もあるという例だろう。本当にあの時行けて良かった、楽しかったとつくづく思う。

〇九（平成二十一）年には両足の指三本ずつ計六本の外反母趾手術を受けた。その手術は名古屋ではまだ無理とされていた。重工記念病院長の高橋成生先生に、奈良医大の名医熊井司先生を紹介してもらった。

高橋先生はスポーツ障害の膝関節や肩関節整形治療を専門分野とする名医で、私が右膝を業務用のオーブンの角に思い切りぶつけ、半月板を損傷した際、診察してもらっていた。

その時、「職業柄、正座が不可欠で、一刻も早く手術してください」とお願いすると、こんな例え話をしてくれた。

「ボロボロになった雑巾を二枚に切って板の間を拭いた方がいいか、切らずにそのままの大きさで拭いた方がいいか、どっちがいいと思いますか」

実に理解しやすく、膝は手術ではなく長く上手につきあっていこうと決めた。それ以来、正座はできない、というか、しなくなった。

高橋先生に出会っていなかったら、熊井先生を知ることもなく、外反母趾も痛みをかかえながら足をひきずっていたかもしれない。

熊井先生はいつも私に「症例研究発表のモデルさんになってもらっています」と話す。膝を痛めたおかげで外反母趾が完治し、モデルになったなんて、すばらしい。

病気が治癒するか、そうでないかは、信頼できる良き医師に出会えるかが全てだろう。三人の名医さんには感謝しても、し尽くせない。

外反母趾手術後二カ月で快気となった直後、車いすを用意してもらって、鹿児島県内は奄美群島に属する喜界島に飛んだ。目当ては七月二十二日十時五十九分の皆既月食で、企画してくれたのは、京都丹後の木版画家、こころの森美術館長の幻一《まぼろしはじめ》先生だった

この時の皆既月食は奄美大島、トカラ列島の悪石島を合わせて三カ所で観測可能でも、完全かつ周囲に大きな虹まで確認できるとなると、喜界島だけだった。

2009年7月22日
喜界島で見た完
全なる皆既月食

島の人は言う。「悪い石の島じゃ駄目だよ。なんせこっちは世界が喜ぶ島、喜界島さ」。根っから優しく元気で明るい人ばかりだった。

私は「日食もさることながら周囲の空気を感

喜界島の皆既月食ツアーに参加した幻一先生と（後列左から）市川由美子、松元里美、小川公子ちゃん

じてきなさい」とのアドバイスを受けていた。その通りに、鳥のさえずり、波の音、そして風もぴたりと止まるかごとき一瞬を体感した。

奄美大島の喜入昭・令子様、喜界島の實田照野様、西表島の自然学校の岩本哲男・美幸様。あれ以来いつも、南の島のフルーツ、神秘の海中映像、あたたかいお便りを届けてくれてありがとう。

次は十四年後の二〇三五年、北関東か北陸だそうで、看護学を修め、現在は福友会副院長の松元里美ちゃん、介護福祉を極めた市川由美子ちゃん、看護教育に人生を捧げた小川公子ちゃん、また一緒に行こうね。

17 山あれば谷あり

手術という試練も乗り越えて、順風満帆だったかというと、そうでもなく、スランプに落ち込むこともあった。愛・地球博（愛知万博）の二〇〇五（平成十七）年は、それと関係したわけではないけれども、つらい、いやな年だったと記憶する。

ある日の常連様の昼席が、会議優先となった。食事の内容には一言も触れることなく、部屋に入ってしまった。女中さんが何を出したらいいのか分からず、幹事様に尋ねた。

「女将さんが知っているから、いつものようにと、言っておいて」との返答だったようだ。私の思った料理をお出しすると、「こんなんじゃないよ」と言われてしまった。昼食なので軽めにとの考えだったようだ。

今ならば、出してしまった料理を召し上がってもらっただろう。料理代の超過分は私が負担すれば済むことだった。

記憶力はいい方と思っていただけに、これが引き金となり、全て一気に自信を失った。主人の「僕なんかよく忘れるよ。気にしなくていいよ」との言葉も励ましにはならなかった。

愛知万博の時期であり、お店は日々超満員の状態が続いていた。これまで縁の薄かった大企業の方々の利用がどんどん増えていた。

ところが、お座敷に出向いて戸を開けることすら不安で恐ろしかった。指示は迅速さ、的確さを欠き、「女将さん、どうかされましたか。大丈夫ですか」と言われるまでになった。

西陵商業高校バレーボール部で一番の仲良しだった石丸恵子（スーちゃん）夫妻が見るに見かねて、私の大好きな空海上人、弘法大師の高野山へ連れ出してくれた。

娘たちは私の好きな蕎麦の店やスーパー銭湯「藤吉郎」へ誘ってくれた。でも「うーん、今日はやめとく」と断り、玄関の戸が締まる音を聞いた瞬間に「あー、やっぱり行けばよかった」と後悔した。

多分、一度自信を失うと、何に対しても判断力が鈍り、受け身になるようだ。こんな時は、人からの助けをもらっても、泥沼からの脱出は容易ではないだろう。

幸いにもこの期間は短く、いつの間にか自信を取り戻していた。当たり前のことの積み重ねが功を奏したのだろうか。定かではない。がんの経験者が、がんより恐ろしいと思った貴重な体験だった。

あの時に手を差しのべてくれたスーちゃん夫妻には心より感謝している。夫妻プラス私、男性一人と女性二人の組み合わせに宿の人は不思議そうな目を向けていた。そうとは分かっていても、この珍道中は今も続く。

18 能楽堂に移転

二〇一六（平成二十八）年四月二十日、名古屋城正門の南すぐにある名古屋能楽堂（名古屋市中区三の丸一丁目1番1号）の一画に移転した。能を大成した世阿弥の書「風姿花伝」が好きで、口上にもよく引用していたので、このことは心よりうれしかった。

店名は、浄心で歴史を刻んだ「料亭大森」から「しら河別邸　日本料理大森」に変えた。うなぎ部門として独立した「しら河」の知名度が高まっていたのと、「料亭」では敷居が高いのではないかとの判断からだった。

能楽堂は客席六百三十で常設の同種施設としては日本一の規模を誇る。名古屋市が伝統芸能の振興と文化交流を目的に一九九七（平成九）年三月に開館した。定期公演が年間十回程度あるほか、各種団体の公演も数多い。

大森のしゃれたパンフレット

館内施設の紹介項目には「レストラン」があり、当初から喫茶・食堂が入っていた。指定管理業者による大ホールでの昼のみの営業だった。その店が撤退して、空室となっていたところに縁があって入居した。

営業開始にあたり、入って右の天守の間など三室で計四十名、左のホールに六十四名、奥へ進むと能楽堂との間の中庭を臨む蓼科の間など六名用四室二十四名、反対側に六名用三室十八名、総計百四十六名収容に大改装した。

天守の間には、料亭大森の床の間をそのまま移設した。ケヤキの一本木による重厚な造りで、そこに硝子アート作家・藤田光子先生の四枚屏風「慶翔」を飾った。

四枚屏風はもう一組、藤田先生が伊勢神宮式年遷宮の折、神宮美術館より依頼を受けて出展したこともある百合を描いた「慶光」をホールに配した。

奥への通路正面には、本丸御殿内お湯殿院の天井図四枚を模した作品、各部屋にはステンドグラスの掛け軸やペアの行燈を置くなど、藤田先生には総額一千万円を遥かに超える作品をお借りした。

このほか、中林蕗風先生の書「鴻飛」、幻一先生の木版画、小、中学校の同級生の柳瀬辰久くんが岐阜県宮村（現・高山市一之宮町）で描いた「臥龍桜四季」、能面「増女」などを掛けた。

天井が高く重厚感ある建物とぴったりマッチしたのは間違いなく、お客様から「まるで美術館に来たみたい。感動で、ため息が出るわ」との評価もいただいた。

中庭には市会議員の渡辺義郎先生、横井利明先生のご尽力で、薪能を感じさせる灯籠の設置もかない、趣が増した。

お店で管理するサポート花壇が名古屋城正門の南㊤とお店の向かい㊨の２カ所に

お店の向かいや名古屋城正門の南のサポート花壇は小、中学校の同級生の大橋修三くんが管理してくれた。四季折々の花が目を楽しませてくれた。とりわけ、二千年の眠りからさめたという大賀ハスは見事だった。

スタッフとして料亭大森の従業員全員が移動してきた。それまでと異なる料理の提供に伴う苦労もあった。意外とアクセスが悪いことに気付いた。まず所在を説明することから始まり、

玄関前の大賀ハス

周知まで一年は軽く要した。

パンフレットの制作を木野瀬印刷株式会社（春日井市）にお願いした。一面に名古屋城と能楽堂、裏面にお店の写真が載り、英訳、ＱＲコードも付いたすぐには捨てられない品に仕上がった。

昼間の観光のお客様はネット情報などにより順調に伸びた。

海外からはスカンジナビア諸国方面からのお客様が目立った。フィンランド航空の中部国際空港直行便に感謝した。

国内の旅行会社も同様で、一年目よりは二年目と、来店数は着実に増えた。

山形県より、やまがた特命観光・つや姫大使に抜擢された。若女将と、弟の石黒武店長が酒田市出身で、私も徳川四天王の筆頭酒井忠次の

名古屋城の桜

日本料理大森 女将 森田桂子さん

機内誌の大森紹介記事

子孫、旧庄内藩主酒井家十八代当主の忠久様と知り合って食事をご一緒し、庄内映画村の株主になるなど、何かとご縁があった。小牧―山形便を運航するフジドリームエアラインズの機内誌「ＤＲＥＡＭ３７７６」にも登場した。

ゆえにお店では、お米はもちろん、つや姫を使い、冷酒は十四代、朝日鷹、上亀元、くどき上手、山形正宗、魔斬、楯野川を準備した。

山形にかかわらず、お酒は各地の銘産品を並

べた。そして、宴席の最初にお客様にサービスした。先代の女将の時代から引き継いだ習わしだった。

ここに私のこだわりが加わった。

サービスだからこそ、入手困難とか、話題だった酒を、一週間ずつ替えて出した。これに、おいしいとの評価が間違いなく得られる山形の酒をよく登場させた。

山形以外では、米大統領のバイデンと読めなくもない鳳凰美田、十四代七垂二十貫などなど、いずれも、創業百年の酒屋、吉田屋さんが調達してくれた。

移転して一層、珍しくて、おいしいお酒がいただけるとの評価がお客様に浸透した。

能は室町時代、公家、武士の間で広まったのに対して、歌舞伎は江戸時代、庶民の間ではやった。私も含め、能は高尚すぎて難しい、縁遠いと思いがちである。

そうした中で、日本一の能楽堂は、地元の皆様に、親しまれ、愛され、気楽に訪ねてもらえる場であってほしい。利用者の少なさに名古屋弁で正直に言わせてもらえば「もったゃーにゃーでいかんわ」である。

名古屋城観光の帰りなどに食事でこられた方々に対して、能楽堂の存在を積極的にアピールした。「あちらにもぜひお立ち寄りください」との声掛けが功を奏したのか、入場者数がそれまでより三割近く増えたといううれしい話も耳にした。

あっという間の五年間でも、能や狂言の関係者、囃子方、謡の方とも随分話ができるまでになった。とりわけ、能楽師の久田勘鴎・三津子、辰巳満次郎の各先生、生徒の皆々様のご愛顧にここで改めて感謝の意を表する。

19　続・著名なお客様

能楽堂に移転してからも折々に著名な方々の来店があった。

滝沢秀明さん

自らが主演、演出する「滝沢歌舞伎」の名古屋・御園座での公演を控えた二〇一八（平成三十）年四月のことだった。昼食で天守の間に案内した。

床の間に配した四枚屏風「慶翔」について、説明を丁寧に聞きながらじっくり鑑賞してもらった。決して偉ぶらず、腰の低い、優しさあふれる好青年だった。

愛称「タッキー」も幼少期からジャニー喜多川さんと出会うまで、随分苦労して育ったということを、後になってテレビ番組で知った。感動的だった。

今はジャニーズ事務所副社長として、日の当たらない人へも心配りを忘れず、いつかスターに育て上げるといった滝沢流での指導、活躍を期待する。

野村萬斎さん

毎年一月後半に能楽堂で「万作を観る会」があり、その流れで、一九（平成三十一）年に開かれた六十名の大宴会の席でお見受けした。

近付いて話をするには、材料を持ち合わせていなければならないので、あれこれ考えてから、意を決して切り出した。

「以前、伊藤英明さんと共演した映画『陰陽師』を見た時、世の中にはこんな色っぽい男性がいるのかと思いました」

とてもうれしそうに「あー、そうですか。そんなに前から。ありがとうございます」。あの独特の話し方、低音の魅力は、テレビなどで見聞きする通りだった。

続いて、別の話題を振った。

「映画『ゴジラ』制作の時は「ゴジラの動きを指導されたんですよね」。それが過去にはない良い動きだったと記憶していた。

これにもまた、うれしそうに答えてくれた。

「そうなんですよ。体のあちこちにペタペタとシールのようなものを貼って、動き回りました」

萬斎さんの父で人間国宝の万作さんは本で「狂言は常に、美しい、面白い、おかしい、の順であるべき」と説く。萬斎さんの演技の神髄については「観客の想像力に訴え、舞台にないものも表現するところ」と明かす。

実際にお二人の狂言を鑑賞した際、萬斎さんの演技の中の三点倒立は、本に書かれた通り、見事だった。体操選手並みの美しさに満員の観客席から「これを見ただけで今日の舞台の価値がある」と感動の声が上がった。

鈴木敏夫さん

スタジオジブリ代表で、愛・地球博記念公園への「ジブリパーク」開設に向けた動きが本格化し始めた二〇（令和二）年七月、中日新聞社で、それを担当する部署の方と連れ立っていらっしゃった。

会議の合間を縫ってのことで、作務衣姿だった。以前お顔を拝見したことがあったので「いらっしゃいませ。覚えておられますか」と挨拶すると、「もちろん」と笑顔で答えてくれた。

愛知県の超目玉テーマパークの二二(令和四)年開業が待ち遠しい。

池上彰さん

鈴木さんをお迎えしてから二カ月ほどたったときのことだった。テレビで拝見するのと全く同じで、飾ることのない優しくて賢い方とお見受けした。

　堪能な英語を駆使して海外取材もこなしてきたようで、「何カ国語を話すのですか」と尋ねると、「いえ、私は何も」と答えた後、ＮＨＫ時代の初任地を念頭に「使っているのは島根弁でしょ」と笑わせてくれた。

「私の家の隣が野村万作さんのお宅なんですよ。あちらは、いつも立派な車がお迎えにきます。私は駅まで、てくてく歩きですね」

　お酒は全く飲まず、同席の方と楽しく話しながら、食事に箸を付けた。

「これからホテルに戻れば原稿書きです」との言葉には、一体いつ休むのだろうかと考えさせられた。そうした中でも、いくつもの大学で教授を務めていることに関して「授業は一度も休講にしたことはない」と聞いて、尊敬の念を抱いた。

20 インドなど訪問

　名古屋清須ロータリークラブの海外派遣事業で、インドを二〇一八（平成三十）年七月と一九年二月の二回、そのすぐ後の三月にイスラエルを訪ねた。

　インドでは主要都市チェンナイ(旧マドラス)から車で八時間の距離にあるナガパチナムのパラクリチ村に向かった。そこの小、中学校合わせて九校にトイレを寄贈するのが目的で、一回目は歓迎式、二回目は完成式に出席した。

　学校は、想像以上の貧しさの中にあった。昼食は隅のトタン屋根の下で作っていた。中身を見せてもらったら、ゆで玉子とカレーだけだった。裸足の子がほとんどだった。トイレ設置は画期的なことだった。

　歓迎式は、子供たちの楽器演奏で始まり、延々二時間にも及んだ。州知事が出席し、テレビ局のカメラまで入り、現地のロータリアン全員、十五名ほどが次々演説に立ったためだった。じっと体操座りをさせられた子供たちがわいそうだった。

小さく手を振ってきたので、それに応えてあげると、また手を振ってきた。違う子供が真似をした。これを繰り返すうちに、熱風が爽やかな風に変わった気がした。帰る時は拍手ラッシュに遭った。

「子供たちに次は何をプレゼントしたらいいですか」と尋ねた。すると「紙に絵かメッセージを書いてほしい」というリクエストが返ってきた。

絵は大の苦手なので、それが得意なニュージーランド在住の孫娘に頼んだ。すばらしい絵と文「希望の木」が仕上がった。複写でB紙大九枚を用意して、二回目の訪問でドッジボールとともに持参した。

親しんだ子供たちとのうれしい再会を果たして完成式に臨んだ。医者に診てもらうには五百キロ先まで行かなくてはならないという環境下にあると聞いていた。テープカットなどに衛生状態改善への期待を込めた。

仏像に興味がある私はインドの神様にも関心を寄せた。プロジェクトのインド側の尽力者のレンガさんのお宅でも祭ってある神様をじっと見ていた。レンガさんはそれを知り、大切にしていた仏像の書をくれた。

レンガさんは生まれ育った村からチェンナイに出た。猛烈に勉学に励み、弁護士になった。その優秀さを村の誰もが認める偉人であり、子供たちの希望の星だった。

私たちが出会った子供たちの中にもきっと学力のある子がいるに違いなかった。それが、残念ながら貧困のために世に出られないかもしれないと思うと心が痛んだ。

決して恵まれているとはいえない環境下にあっても子供たちには輝く瞳と笑顔があった。それが「人の世は？」と問い掛けているように思えた。今に感謝し、欲張らず、物を大切にするなど、忘れかけた大切なものを思い起こさせてくれるインドの旅だった。

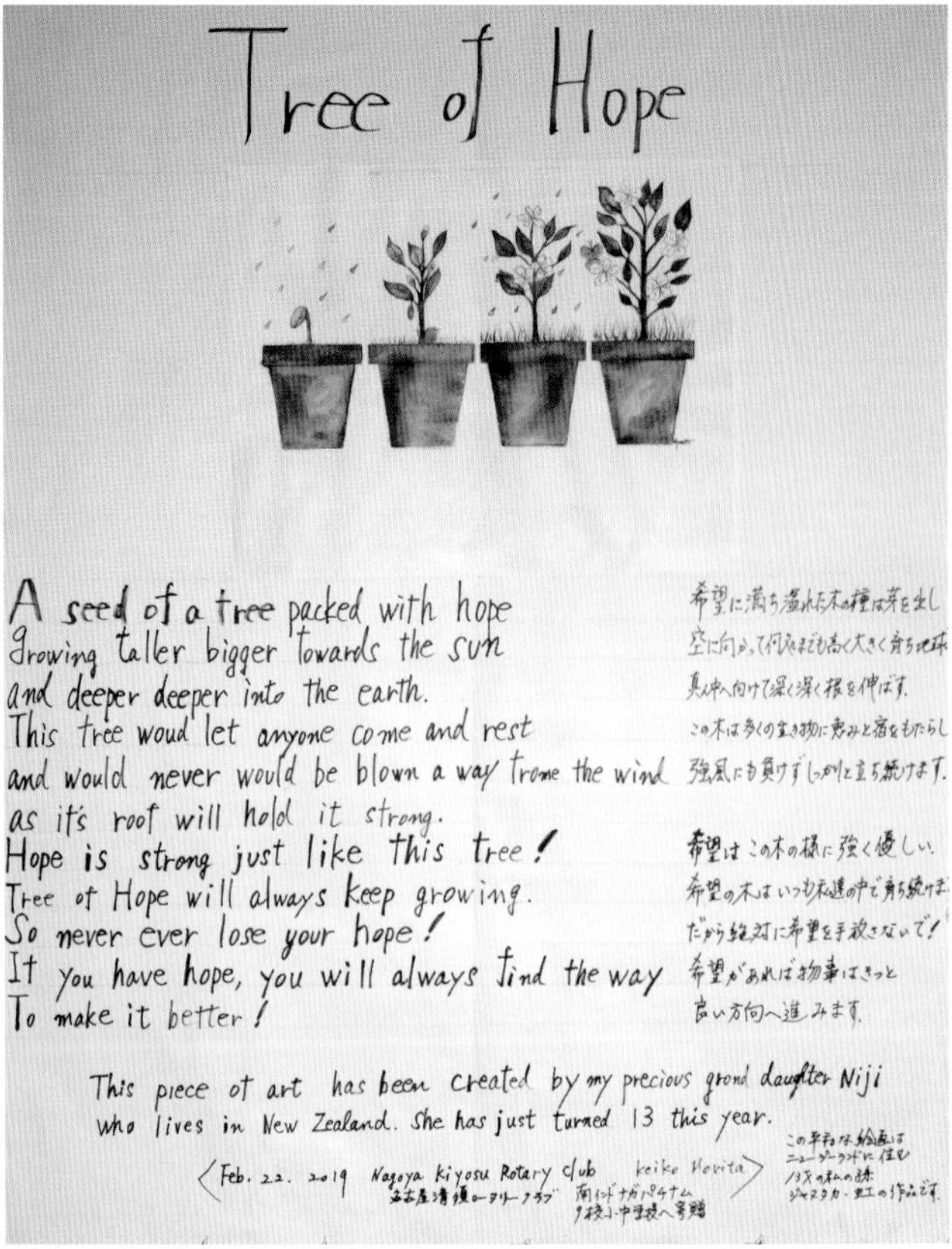
Tree of Hope
A seed of a tree packed with hope
Growing taller bigger towards the sun
and deeper deeper into the earth.
This tree woud let anyone come and rest
and would never would be blown a way trome the wind
as it's roof will hold it strong.
Hope is strong just like this tree!
Tree of Hope will always keep growing.
So never ever lose your hope!
It you have hope, you will always find the way
To make it better!
This piece of art has been created by my precious grond daughter Niji who lives in New Zealand. She has just turned 13 this year.
Feb. 22. 2019 Nagoya Kiyosu Rotary club keiko Morita

㊤孫娘がインドの子供たちのために描いた「希望の木」㊧インドの訪問先の歓迎式で輝く瞳の子供たちに囲まれる

イスラエルは「平和と紛争の解決」をテーマにしたエイラットロータリクラブ九十周年式典に参加するために訪問した。

ガイドを務めてくれた木村リヒさんは、若くて美しい女性で、外務省勤務の超エリートだった。大阪在住の日本人を父に持ち、日本語が上手だった。

テルアビブ空港からチャーターした車で移動中に「今、空港に向かって二本のミサイルが発射されました。一本は野原へ、一本はミサイル防衛装置でキャッチしたので、大丈夫です」と説明を受けた。

皆一様に「やっぱり危険な国なんだ」と感じた。すると「いえ、日本の方がもっと危険な国だと思いますよ。地震や津波で何千人という人が一度に亡くなっていますから」との言葉が返ってきた。「なるほど。そういう考え方もあるのか」とうなずいた。

国土は狭く、三、四日もあれば北へ南へと駆け回ることが十分可能とあって、主だった所は全て行けた。

「嘆きの壁」の前には大勢の人が参集していた。泣きながら聖書らしき書を読む人や何やら唱える人がいた。私たちには見慣れない光景だった。

ゴルゴダの丘へ通じるヴィア・ドロローサ（苦難の道）を歩いた。十字架を背負ったイエスの最後の歩みの中で、手をついたとされる壁の手跡に左手を重ねた。

キリストの生誕地では、乗っていた車から専用のバスに乗り換えさせられた。ほんの一瞬、このまま拉致されるのでは？　との不安は皆同じで、声が出せなかった。

ユダヤ人の住む街は家のレンガも統一されて美しかったのに、イスラムの街は見るからに貧しかった。小さな道を挟んで戦いが起きるのが理解できた。

インドとイスラエルの二カ国訪問のプロジェクトは、名古屋清須ロータリークラブの三輪隆裕さんの抜群の英語力と人脈、説得力、熱意があったからこそ成功した。

補佐役の前田昌樹さんは心優しく、常にメンバーを気遣った。行政に詳しい河合幹男さんは常に冷静だった。中村禊さんは明朗闊達なムードメーカー、奥様は大和なでしこだった。元気いっぱい、お酒が大好きな小出美佐子さんは写真撮影に活躍した。

さらに、三輪さんの友人で、好奇心旺盛で英語が堪能なことから現地の人との会話を楽しんだ三ツ口克也さんと奥様の朱野さんら、すばらしいメンバーとの貴重な体験は一生の思い出となった。

ありがとう。

21 私を支えたもの

女将としての半世紀を支えたのは、時々の選択と、その先に続くレールの上で培われた強靭な精神力だった。

中学校でのレクリエーション活動を通じて高校ではバレーボールに取り組むという進路が定まった。看護学校では多くを学んだ。その後の病院勤務はわずか一年半でもその後の仕事に関わる行動指針となった。

女将となってからは、城見風呂の城見の間への改装を果たして、オリジナルの口上や節分お化けを始めた。いずれも出会ったお客様の提案を受けたものとはいえ、それを維持、発展させることができたのは普段の努力があればこそだった。

不屈の精神はお店のミスでおわびに出掛ける

際にも私の背中を押した。

この世で起きた問題は誠心誠意を持ってすれば間違いなく解決できると信じて、決してあきらめない。「私一人ではなく会社を代表しているんだ。この気持ちを何が何でも受け取ってもらう」と勇気を振るう。


一番遠くは大阪まで新幹線で向かった。

ある日、毎年の大切なお客様と旅行会社の団体様の予約が日曜日で重なった。一時間の差はあっても、それだけで団体様の席を済ますのは至難の技だった。ましてやバスでの来店で、渋滞発生の可能性を考えると、万事休すだった。

元々、お客様の勘違いではあっても、そちらの優先を前提に善後策を考えに考え抜いた。団体様の到着時刻の前倒しと滞在時間の短縮をお願いし、おわびに日本手拭いをサービスすることにした。


この内容を電話で伝えても、絶対聞き入れてもらえないと判断し、朝一番で会社に足を運んだ。お店の受け間違いで押し通した。誠意をくんでくれた。帰り際、廊下まで三人で見送っていただき、ほっとした。


「お祝いは少し遅れてもよいけれど、おわびは一分一秒でも早く」というのが私の哲学である。気持ちがあるからこそ行動に移せるのであり、おわびとなれば即座に動き始める。

ある日、お客様の照会に対して空いているのに「満席です」と断っていたことが発覚した。会って直接おわびしなければ気持ちが収まらないので、その方の会社まで出向いた。

すると「えーっ！　こんなことで飛んできてくれたんですか」と驚き、感激された。そして、その場で他店の予約をキャンセルし、当店での宴会としてくださった。

私のこの行動原理の師匠は市会議員の堀場章先生だ。「公園に時計がなくて、子供たちが困っています」と連絡したら「よし、分かった」と一言。翌日には公園に時計設置となった。

約束したことを素早く行動に移す先生の姿にはいつも感じ入る。「素晴らしい教え、ありがとう」。私もどんなに忙しくても、先生のようであり続けたい。

何事も、最初からできないと決めつけないし、いったん目標を定めれば、決してあきらめない。

ある日、板場さんがメニューにないフルーツの提供をお客様に頼まれ、「ありません」と答えた。歩いて三分の近所に果物店があった。腹が立って「なければ買ってきて出してください」と言い放った。努力しないという姿勢には我慢がならない。

親友がこんな言葉をよく口にする。

「桂ちゃんは本当にマグロみたいだね。マグロは休んだら死んじゃうからね」

女将の道を選択して以来、休む間もなく働いてきた。周りの方々の手助けがあればこそ、それを全うできた。

子供たちが赤ちゃんの時は実家の母に子守を引き受けてもらった。幼児期の世話役は、お店の従業員の井戸久子さんだった。子供たちは「井戸母さん」と慕った。存在感があった。女手一つで子育てをした人なので厳しさもあり、しつけも任せた。

老いた母が身の回りの世話を必要とし、介護施設へ入所することになっても、一日も欠かさず面倒を見てくれた実の妹の横井直子と、その娘夫婦に深く感謝する。

サッカーが大好きでよく試合に出掛ける孫が

「今日は相手が強い。勝てるかな？」と不安顔だった。「強いから勝つんじゃないよ。勝った方が強いんだ。最初から負けると思って試合に臨んではだめよ。勝つんだと思って頑張ってきなさい」。魔法の言葉をかけて見送った。

するると、息弾ませて帰るなり、「ばーば、今日はめちゃくちゃ強いチームに勝ったよ」。真っ赤な顔が光り輝いていた。「前半は一対〇で終わって迎えた後半で何とゴールを二回決めた」。「負けていての後半には、どう立ち向かうの？」と尋ねると、「後半は勝つという気持ちで」と軽く答えた。

とてもたくましく育っているのがうれしい。

孫にも受け継がれる精神力の一端は、高校時代のバレーボール部で培われた。一生懸命指導してくださった鈴木啓介先生、そして先輩に怒られ、泣きそうになっても、共に歯をくいしばって頑張った同級生十名にも感謝している。

啓介先生には全く泳げなかった私が二カ月でクロールをマスターした際も的確なアドバイスをいただいた。

スポーツジムで水泳教室があり、これに参加

高校時代の恩師・鈴木啓介先生と

した。二つのレーンに分かれての指導だった。「泳げない人はそっちへ行って」と軽くあしらわれた。むっとした。「泳げるようになるまで二年はかかるよ」と言われた。「よーし、もっと早く泳げるようになる」。ここでもいつものハングリー精神が頭をもたげた。教室が始まる前後に何度も何度も練習した。それでも、息継ぎがどうしてもできなかった。

そんな時、お店で啓介先生の顔を見つけて「どうしても息継ぎができない」と相談した。返事は「ばっかだなー、横を向いた時にすーと軽く吸うんだよ。吐いてばかりじゃ、そりゃ苦しいだけだ」。このアドバイスのおかげで、私はいの一番に「泳げない組」から抜け出せた。

ジュリアス・シーザーが言う。

「何かを生み出す行動でなければ行動とは言えない」

22 祖父・伊藤留吉

幼い頃も、成長してからも、女将になってからも、その行く手を西枇杷島町（現・清須市西枇杷島町）の町長だった祖父の伊藤留吉が明るく照らしてくれた。他界して二十八年経った今でさえ、多くの方から「伊藤町長さんが、留吉さんが」とうかがうたびに、誇らしい存在として改めて畏敬の念を抱く。

祖父は役場からの送迎の車があるのにもかかわらず、黄色い帽子をかぶって自転車で役場へ向かうので、子供心に疑問を抱いた。「どうして車に乗らないの?」と尋ねると、「自転車だと、途中で人と出会う。直接、話が聴ける機会もある。町の隅々まで自分の目で確認できる」と教えてくれた。

歯磨き粉のチューブの真ん中に窪んだ跡があった。それを見た祖父が「こんな使い方をしたのは誰だ。物を使うなら、後の人のことも考えなくてはいけない。下から上に中身を押し出すんだよ。そうすれば後の人が使いやすい。覚えておきなさい」。私は「なるほど。そうなんだ」と納得した。

もう一つ「時間には決して遅れるな。約束の場所に十分前にはいなさい。遅れるようなら必ず連絡しなさい」という教えは、自らにも、そして子供たちにも「これをしっかり守るんだよ」と言い聞かせてきた。

偉ぶらず、いつも笑顔で、相手の話をしっかり聴いた。そして即座に行動を起こした。

日本で最初に歩道橋を架けたのは実は祖父だった。小学校へ子供たちが通うには交通量が激しい当時の国道22号を渡らなければならなかった。そこで不幸にも一人の小学生が重傷を負うという悲しい事故が起きた。それを契機として歩道橋設置に向けて国や県に必死で陳情攻勢を掛けて実現に漕ぎ着けた。

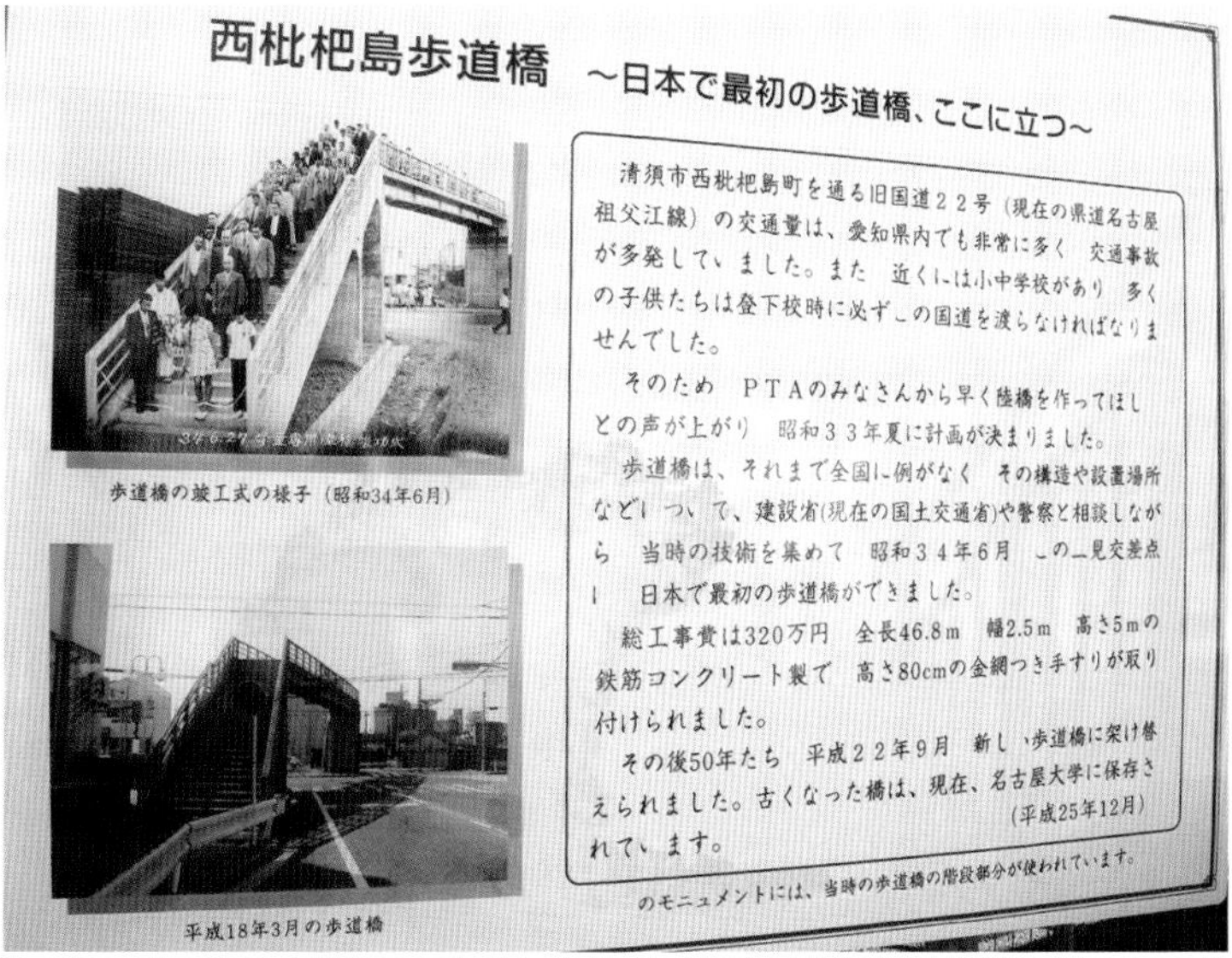
西枇杷島歩道橋
～日本で最初の歩道橋、ここに立つ～

歩道橋の竣工式の様子（昭和34年6月）

平成18年3月の歩道橋
清須市西枇杷島町を通る旧国道２２号（現在の県道名古屋祖父江線）の交通量は、愛知県内でも非常に多く 交通事故が多発していました。また 近くには小中学校があり 多くの子供たちは登下校時に必ずこの国道を渡らなければなりませんでした。

そのため ＰＴＡのみなさんから早く陸橋を作ってほしいとの声が上がり 昭和３３年夏に計画が決まりました。

歩道橋は、それまで全国に例がなく その構造や設置場所などについて、建設省(現在の国土交通省)や警察と相談しながら 当時の技術を集めて 昭和３４年６月 この二見交差点に 日本で最初の歩道橋ができました。

総工事費は320万円 全長46.8ｍ 幅2.5ｍ 高さ5ｍの鉄筋コンクリート製で 高さ80cmの金網つき手すりが取り付けられました。

その後50年たち 平成２２年９月 新しい歩道橋に架け替えられました。古くなった橋は、現在、名古屋大学に保存されています。

（平成25年12月）

のモニュメントには、当時の歩道橋の階段部分が使われています。


祖父の熱意により日本で最初に設置された歩道橋についてしるす案内板

祖父は全国町村会の会長を務めた。勲三等瑞宝章を受章した。内閣総理大臣鈴木善幸の名が入った賞状が残った。

愛知県条例による表彰も受けた。

祖父・伊藤留吉の愛知県条例表彰の賞状授与。足の衰えで私が付き添う

23 西陵バレー部

中学校三年生の時「いずれ卒業してしまえば皆ばらばらになってしまうので寂しいね」となり、放課に記念のバレーボールをした。運動神経の鈍い私にはなかなかボールが回ってこなかった。そんな中、運動神経抜群の子が「桂ちゃん」と言ってボールをトスしてくれた。それなのに次へつなげなかった。

その子に申し訳なくて「よし、高校では勉強より、バレーボールをやろう。絶対上手になる」との思いを胸に西陵商業高等学校へ進んだ。三年間一日も休まず部活に参加した。夏と冬の合宿への参加も欠かさなかった。親は「顔の表も裏も見分けがつかない。真っ黒。お嫁にいけなかったらどうするの」とあきれ返った。

二年生の夏合宿でこんな事があった。

先生二人がコートの真ん中、ネット下に立ち、ボールを右、中、左の各方向に十本ずつ投げるので、それを回転レシーブで拾い上げるという特訓が始まった。

レギュラーでも特にアタッカーは本気で取り組まず、二、三球処理した後は、簡単に失敗した。この合宿で「何か一つ絶対にやり抜く」と心に誓っていた私は不退転の決意で臨んだ。

右、中、全てを拾い上げて、最後の左十本となった。いつの間にか、大きな輪になった部員全員の声援を受けていた。誰も予測していなかった三十本ノーミスを成し遂げた。

ひた向きの者は周囲のだれもが認めてくれると知った。


その仲間と一九九六（平成八）年に始めた一泊旅行は今年で二十五回目となる。

毎年、綿密な計画を立てる元キャプテンのシオちゃん（石毛里美）が閉店を知ってから電話をくれた。

いきなり「声ですぐ分かるわよ。元気でよかっ

バレーボール部の仲間たち。（右から）私、石毛里美、石丸恵子、布施暁美、河合陽子、磯村幸子、杉山和子、竹川富貴子ちゃんの８人

た」の後、他愛もないやりとりが続いた。「おなかのぜい肉がすごいのよ」と告げた。「大丈夫、大丈夫、私も同じ。お肉はついていいのよ。コロナに負けないように」で終わった。

計画を手伝うのはギラ（河合陽子）、宿泊先の手配係はノッポ（竹川富貴子）、埼玉からの参加はガーコ（磯村幸子）。そしてスタ（布施暁美）、トンコ（山田和枝）、ドラ（杉山和子）、ビー（渡辺まり子）。

私のニックネームはと言えば、ユニークな「オシメちゃん」だ。「ヒメ（姫）」にはなりきれなかった。旅行中、大きな声で、そう呼ばれ、周りから、けげんな顔を向けられる。

元マネージャーのスーちゃん（石丸恵子）とは家族ぐるみの付き合いが続く中で、娘さんも、お孫さんも、そう言い習わす。

高校時代の先生、同級生、みんな、みんな、ずっと、ずっと、「オシメちゃん」である。

24 看護の道

高校卒業後の進路として選択したのは看護の道だった。名古屋赤十字高等看護学院で学び、一九七三（昭和四十八）年四月、名古屋第一赤十字病院に勤め始めた。わずか一年半で結婚退職したとはいえ、実に中身の濃い充実した日々を送った。この貴重な体験こそ、後の女将としてのバックボーンをなした。

最初の勤務希望は第一から第三まで書いて提出するのが決まりだった。それを全て外科とした。それほどこだわった。緊急性を要する厳しい環境の中で自分の技術を高めたかった。希望はかなった。

外科病棟勤務は八時～十七時、十七時～零時、零時～八時と三交代制だった。深夜勤務は、休みなく動き回る中で、看護日誌を書く時だけ椅子に座ることができるといった具合だった。もちろん、夜食が食べられない時もあった。

　今のように電子カルテの時代ではないので、看護日誌は朝六時から三十分間で細大漏らさず記入しなければならなかった。必要な情報は随時、左手甲にボールペンでメモしていたので、そこはいつも真っ黒だった。

　正、准の区別がある看護婦で、正看の私たちより、いち早く現場で経験を積んだ同年配の准看さんに、優れた技術の持ち主が多かった。「学ぶは真似る。良きものは盗んでも真似よ」という言葉があるように、准看さんの手の動きに目を凝らした。

　看護婦は命を預かり、女将としての私は信頼を預かる。どちらも失ってはならない大切なものである。そのための行動に緊張感と責任感と先を見極める力は不可決だ。それをどこで身に着けたかといえば看護の現場にさかのぼる。

　そこへの第一歩をしるしたのは名古屋赤十字高等看護学院だった。日本赤十字社愛知県支部の看護婦養成所として戦前にまでさかのぼる歴史がある学校の当時の名称で、キャンパスは現在の名古屋第一赤十字病院の敷地内にあった。全寮制で仲間意識が強かった。そこの二十二回生だった。

　同期の中から、いつしか仲良し四人組が誕生する。メンバーは、私のほか、二〇〇九（平成二十一）年喜界島皆既月食ツアーにも参加した松元里美ちゃん、市川由美子ちゃん、小川公子ちゃんの三人だ。毎年どこかの会員制リゾートを目指して旅行する。

　里美ちゃんは、五百キロでも車を一人で運転する。「まだまだ旅行するでしょ」との勢いで彼女が昨年買った新車は真っ赤なカムリだ。時間ができたら春の桜前線と共に北上し、秋の紅葉前線と共に南下する旅に出たい。いつもパワー全開の里美ちゃんの活躍を頼りとする。

恩師の一人の石川美保子先生は、姿形が美しいだけでなく、字もきれい、文章も魅力的だ。私より十歳年上の皆が手本とした存在で、ずっと年賀状の交換が続いている。

その先生の誕生日が、何と驚いたことに私と同じ一月十一日であることが最近になって分かる。絵手紙、陶芸など何でも起用で、今もそれを生かして地域のボランティア活動に励む姿に敬服する。

25 風姿花伝

私の心の糧である「風姿花伝」、世に言う「花伝書」は、能を大成した世阿弥が著した。室町時代、時の将軍は足利義満、シェイクスピアより二百年も早い時期のことだった。

著述の内容は、こう生きよという人生論にとどまらず、観客、人気、組織など諸事にわたる。核心は勝つことにある。芸術は戦い、観客の存在を対象とした人気の争いである。

奥の深い内容は簡単には言い尽くせないとはいえ、至言のいくつかについて、私なりの理解を中心に記す。

「時節感当」

能の役者が楽屋から舞台に向かう中、幕が上がって橋掛かりに出る瞬間をとらえた世阿弥の造語で、どんなに正しいことでもタイミングを失すれば正しく伝わらない、タイミングをつかむことが重要、と説く。

「秘すれば花」

秘伝もいったん使ってしまえば秘伝ではなく

なる。使うことを控えながらいざという時の技とする。誰も想像しないことをやって相手を圧倒してしまう。それが「秘すれば花」

「初心忘るべからず」

過去の体験の積み重ねの上に今の自分があって、初心を忘れる時、自分の立っている土台が崩れる。初心は還るところではなく、常に自分自身と共にある。未熟であるがゆえの謙虚な心と前向きな姿勢を終始持ち続けなくてはいけない。

「時の間にも男時　女時とてあるべし」

勢いがある時が男時で，うまくいかない時が女時とする。両者は循環している。男時の到来を見誤ってはならない。女時を敗北と考えるか、男時への準備と考えるか。女時こそ次の男時をつかむチャンスである。

「命には終あり　能には果あるべからず」
「稽古は強かれ　情識はなかれ」

舞台は、何があろうと、それに対処して、成功させなければならない。それが舞台の厳しさである。常に危機管理を念頭に稽古に励まなくてはならない。大したことはないと思う慢心のための強情や頑固があってはならない。

能の習道的体系論を展開する「至花道」では幼少期、少年前期、少年後期、青年期、壮年前期、壮年後期、老年期と続く七段階について言及する。

これは、衰え、喪失のプロセスであるのと同時に、何か新しいものを獲得するための試練の時でもある。それまでの経験を生かして、奇抜とも思えることもできる境地に進んでいくのであって、人は、この自由を手にするために年を取る。

26　別れの時

閉店を決めてから、お客様への別れの挨拶状作成に取り組んだ。約千二百枚、一枚一枚、宛先のスペースを手書きで埋めた。

投函後間もなく、看護学校の同級生の一人、名古屋第二赤十字病院で看護副部長まで務めた伊藤安恵ちゃんが手紙をくれた。

「飛躍、偉大な七十三年の歴史を節目としてさらに未来へと前進してくださいね。大いなる精神は静かに忍耐する」

便りは続いた。

米田病院の医局入局後は（中略）同期会（中略）スッポン会と称して、大森でどんちゃん騒ぎ。大学時代から五十年です。寂しいです。ほんと寂しいです。残念です。私が今、業界の代表としていられるのも（中略）大森さんや多くの仲間があったればこそです。感謝致します。まだまだこれから、しら河でお世話になりますので、よろしくお願い致します。

公益財団法人愛知県柔道整復師会

会長　森川伸治様より

私にとっても父のおかげで節目はいつも大森さんでした。ありがとうございました。

名古屋市スポーツ課長　河村鎗一郎様ご子息

河村達一郎様より

料亭大森は私たち同期会の聖地です。永遠に残ります。ありがとうございました。

サンゲツ42年度入社同期会　武田敏男様より

思いがいっぱい詰まった文面に強く強く心を打たれた。同時に、今後は、しら河の発展で期待にこたえる責務があると痛感した。

二月の口上を用意した。

節分お化けは「市川海老蔵歌舞伎竜宮物語」にして若女将とともに乙姫様に扮した。


「二度あることは三度ある」という以上に、四度目の全身麻酔手術を二月八日に受けた。病名は膀胱瘤子宮脱だった。元々は高齢者に多かったのが、最近は若い女性にもよくあるらしい。執刀は名鉄病院副院長兼女性泌尿器科部長・ウロギネセンター長の成島雅博先生だった。腹腔鏡下仙骨腟固定術、子宮腟上部切断により、子宮は三分の一になった。

手術を受けるか否かは、いつも直感で決めてきた。今回も、先生の終始穏やかで丁寧な説明の中に誠実さを感じて即座に決めた。待合室に掲示してあった中日新聞の「紙上診察室」によると、先生の手術歴は千百もあった。

また、ここでもゴッドハンドと出会ったわけで、術後指導の理学療法士から先生の腹腔鏡の操作は天下一品と聞いた。シミュレーションに従い、無駄なくメッシュガーの位置を綿密に決めていく技は完璧ということだった。


病棟では東から西へ長く続く廊下をパノラマストリートと呼んでいた。昔懐かしいパノラマカーを思い出した。軽快な音を残して走り行く格好がいい真っ赤な電車だった。

小、中学校の同級生で、お店の四季の花を世話してもらってきた大橋修三くんから「僕も少し前に入院したよ。消灯九時で、それから眠りに就くまでが長くて退屈だった。楽しいこと考えるといいよ」とのメッセージが届いた。

病室の窓から外を見ると、名鉄名古屋本線、JR東海道線、JR貨物、それに東海道新幹線の線路にさまざまな列車が行き交った。

朝二時十九分にゴッドンガッタン、三十六分に少し小さくゴットンガッタンと音がした。続いて、四十二分、五十二分、三時十二分と走行音を聞くうち、それがとても心地よいものだと知った。

小、中学校の同級生で店先の花壇の世話をしてくれた大橋修三くん㊨と店内の「臥龍桜四季」を描いた柳瀬辰久くん。バックは柳瀬くんの作品

走り去る列車と人生を重ねてみた。

スマートに走り去る新幹線には時間と戦い続ける企業戦士の風格が漂う。特急電車は他の人より早い目標達成に力を注ぐ人か。それなりのスピードとはいえ、他よりは遅い普通列車はウサギとカメの物語を想起させる。

何両もの貨車が連なって力強く走る貨物列車はエネルギッシュに働く縁の下の力持ちということになる。

名鉄電車の中部国際空港行きミュースカイは決められた路線を定刻通り真面目に行く人のイメージだ。とはいえ、その先に待つのは大空を行く飛行機であり、さっと世界中へ飛び立てる日の再来が待ち遠しい。

みんな違っているからこそ楽しい。一つのレールだけというのでなく、時には全く違うレールを走る人生があってもいい。これができる人生は最高だろう。

自分の人生を振り返れば、料理が苦手で、女将の務めを理由に家族の食事すら満足に用意してこなかった。病室では、一度はゆっくりと楽しみたいと願っていたテレビ三昧となり、「上沼恵美子のおしゃべりクッキング」も見た。それを契機に料理方法を材料別にノートにまとめる作業を始めた。

三月三日、お店で、国立長寿医療研究センター名誉館長で、私の読書の指南役でもあった大島伸一様と元愛知県知事の鈴木礼二様の対談があった。公益財団法人長寿科学振興財団の企画で、その提案者が鈴木先生に「場所はどちらに」と尋ねると、「ぜひ大森さんで」との返答だったようだ。

鈴木様は豪快かつ非常に懐の深い方で、仕事を部下に任せたら後は一切口を出さないという手法で、皆の厚い信頼を得て、各方面から尊敬を集めた。

そんな鈴木様にはお店としても、言い尽くせ

冊子の企画で対話する鈴木礼治様㊧と大島伸一様

ないほどのご恩をたまわった。おひざ元の県庁の皆様の多大なごひいきにあずかった。愛知県教員組合（愛教組）が青木一委員長の時代、大広間いっぱいの大宴会の来賓トップ席にいつも鈴木様の姿を確認した。

対談はもちろん、天守の間に設定させてもらった。鈴木様の「女将、あれ、あれ、まだやっとるか」との言葉の中の「あれ」とは、私のオリジナルの口上のことだった。

三月の口上をまとめた。

「江戸時代から代々襲名する伝説の庭師
京都佐野藤右衛門は
日本中の桜の名木を守り育てる桜守
（中略）
先代から引き継いで三代目まで
たくさんのお客様に
温かく包み込んでいただき
（中略）
引き続き変わらぬご愛顧を
しら河に賜りますよう
伏してお願い申し上げ
お礼とさせていただきます」

そうこうするうち、ついに閉店の三十一日を迎えた。万感の思いを胸に秘め、お客様を迎え、見送った。

玄関先の行燈の明かりがひっそりと消えた。

女将の記録

1　口上の記録

【1月】

太陽が昇れば新しい一日が始まることに変わりがなくても
新しき年の始まりは格別な味がします
一年の抱負を内に秘めて迎えた寅年のスタートに思います
「高山に登らざれば天の高きことを知らざるなり」
そしてイギリスの詩人ブラウニングは
「偉人の達した高い峰は一躍地上から達したのではなく
　人が夜眠っている間にも一歩一歩よじ登ったのである」
と表現しました
今年の干支の寅の文字は元々春が来て草木が生ずる状態を表したとも言われます
この言葉のように
地に足を着け一歩ずつ高き志の頂点を目指す一年でありたいと思います

（2010年）

「吉凶は　人によりて　日によらず」
世の中の現象は常に変化してやむ時がない

人の欲望も尽きる時がない
吉凶の日が固定しているわけでもない
十四世紀の随筆家吉田兼好が「徒然草」九十一段で痛快に断言しました
何事も己の心の持ち方で善くも悪くもなる例えですが
運気となれば今年は六白金星壬辰です
一日でも多くの佳き日が重ねられますようにお祈り申し上げます

（2012年）

「正月の正は一にとどまる」
自分が自分の原点に立ち帰る月ですが
さまざまな願いを込めて迎えました新春
「人の数だけ人生がある」と言われるように
七十億の人が住んでいるこの地球上には
七十億の人生と人ごとに違う美しい生き方があると思います
「この世は舞台であるなら人は皆役者」
シェークスピアのこの言葉のように自ら演出家も兼ねて
優雅な一年を演じる年にされますように

（2013年）

「誠は天の道なり
　誠を思うは人の道なり
　至誠にして動かざる者は未だ之れ有らざるなり」
人は真心を持ってすればどんなものでも感動しないものはない
誠はすべての元になるものである
これは吉田松陰の言葉ですが
今年の大河ドラマはその妹にスポットがあてられました
日本の国のいしずえを築いた松陰のこの至誠の心と
羊のごとくのチームワークとぬくもりと耐久力をもって
この一年をおしすすめたいと思います

新しい年の幕開けを知らせる初日の出に新たな一年の誓いを立てた新春
漢字で別の品と書く「別品」は中国では陶芸作家の格付けで使い
物差しでは測れない個性的で優れたものを別品と認めました
広告批評家の天野祐吉は著書「成長から成熟へ―さよなら経済大国」で
「一位や二位を争う国ではなく別品の国でありたい」
この言葉のように

（2015年）

皆様には個性を十分発揮され
より一層大きく飛躍される酉年になられますこと
心よりお祈り致します

（2017年）

「新しき　年の始めの　初春の　今日降る雪の　いや重《し》け吉事」
令和の由来となりました万葉集四千五百十六首を締めくくる大伴家持の歌のように
新時代最初の新春を迎えました
「夢なき者は理想なし
　理想なき者は信念なし
　信念なき者は計画なし」
渋沢栄一「夢七訓」の前段ですが
「一年の計は元旦にあり」
の言葉のように
どうぞ今年の計画をしっかり立てられ
輝かしい年になられますように
そして中国発祥の霊獣「麒麟がくる」年になりますように

（2020年）

【2月】
早春を告げる花として
飛鳥朝以来私たちの心を強くひきつける
梅の花の季節二月
桜といえば西行
梅といえば菅原道真を思い浮かべますが
もう一人梅をこよなく愛した人に高杉晋作がいます
気骨あふれる男性像をイメージする梅の花が最も似合い
幕末を駆け抜けたこの人の辞世の句を
この季節に詠むのが最もふさわしいように思います
「おもしろき　こともなき世を　おもしろく　すみなすものは　心なりけり」

「梅一輪　一輪ほどの　暖かさ」（服部嵐雪）
奈良時代まだ花といえば梅の花を指し
日本の花の代表だったこの花には
現代の私たちが学ぶべき言葉がたくさんあります
つぼみが開くことを「咲く」とは言わずに「綻ぶ」

（2008年）

散る時は「零《こぼ》れる」
散った梅を「零れ梅」
そして誰もが使う「知る人ぞ知る」は
「君ならで　誰にか見せむ　梅の花　色をも香をも　知る人ぞ知る」
の歌に由来します
長い歴史を持つ梅の花同様
豊富な語彙もまた後世に伝える如月にしたいと思います

（2012年）

「梅は匂いよ　桜は花よ　人は心よ　振りいらぬ」
江戸中期の諸国の民謡を集めた「山家鳥虫歌」を代表するこの歌のように
春のどの花をも圧倒する香り高き梅の花
古より
梅の花は風雪に耐えて咲き誇るので人の生き方の手本とされ
たくさんの歌に歌われてまいりましたが
こんな句も皆様の心に留め置いていただけたらと思います
「この力　人にありたし　冬の梅」

（2014年）

【3月】

春の三カ月を「三春」と言いますが
三月を代表するのは桃の花
「もともと地上には道がない　歩く人が多くなれば　それが道になるのだ」
と名言を残した中国の小説家魯迅同様
梅の花にも
「桃李不言下自成蹊（桃李もの言わざれども下自ら蹊《みち》を成す）」
という言葉があります
「桃の木は何一つ語らずともその美しい花を見に来る人で自然に小道ができる」
言い換えますと
「人徳のある人は自ら求めなくとも多くの人が徳を慕って集まる」
となります
弥生三月は別名「桃月」
改めてこんな言葉も心したいと思います

（2011年）

「天地は万物の逆旅にて　光陰は百代の過客なり」
天と地は万物が一夜を過ごす宿であり

時間は天と地の間を旅する永遠の旅人です
詩仙と言われた唐の李白の詩ですが、
未来永劫に続く時間の
ある一時に出会った素晴らしき縁と
共に過ごしたさまざまな思い出を心に刻み
人それぞれに違う心新たなる旅のスタートの季節にしたいと思います

（送別会用1）

三寒四温を繰り返しながら例年になく遅い春の足音が一歩一歩近づく中
惜別の歌たくさんある中から
琴と書物を携えて天下を放浪した唐の詩人
于武陵の当を得たこんな詩があります
「花発《ひら》けば風雨多し　人生別離足る」
厳しい自然に耐える花のごとく
長い人生の中での別れは大変つらきもの
どうぞ本日は別れゆく人に温かいお言葉を添えられ
思い出深い時をお過ごしください

（送別会用2）

【4月】

「世の中に　たえて桜の　なかりせば　春の心は　のどけからまし」
花といえば桜を指し
木花咲耶姫《このはなさくやひめ》の化身として尊ばれてまいりました桜の花が
日本列島を南から北へ三カ月かけて北上し
優しい花霞に包まれる四月
今日も日本のどこかの花舞台で最高の姿を演出する桜の季節に
こんな言葉も皆様の心に留め置いていただけたらと思います
「花は枝に支えられ　枝は幹に支えられ　幹は見えない根に支えられている」

明治時代の医師
官僚そして大物政治家として知られる後藤新平が
後世に残した名言の中に
「お金を残すは下　仕事を残すは中　人を残すは上」
というのがありますが
もう一つ
「花の盛りをば見る人多し　散る花の跡を訪ねることこそ　情けなりけれ」

（2010年）

というのもあります
初春から晩春の三カ月かけて日本列島を北上する桜の花に
全国民が一喜一憂する中で
今一度
華やかな花の姿に託されたこの言葉の深意に触れる季節でありたいと思います

（2015年）

日本列島が優しい桜色に染まる四月
夜空では
北の空高く昇った北斗七星からたどる春の大曲線
アルクトゥルスとスピカが空高く美しく輝いています
ふだん見上げることの少ないこの星空は
ここ名古屋城内の庭ではしっかり見ていただけます
今宵は
日ごろの雑念をお忘れになり
壮大な宇宙のごとくの心を持ち帰って
明日への活力にしていただければと思います

（2017年）

【5月】

「あらたふと　青葉若葉の　日の光」
人生はよく旅にたとえられますが
旅にして旅を栖《すみか》とした松尾芭蕉が
江戸深川を後にしてみちのくを目指したのは
まさにこの新緑の五月
そして詩人萩原朔太郎は
「五月の朝の新緑と薫風は私の生活を貴族にする」
と表現致しましたが
一年のうちで最も美しく活力を与えてくれる新緑の不思議な力を借りて
私たちも人それぞれに違う新たな旅をスタートさせる季節でありたいと思います

（2009年）

「森の国」と言われる日本列島を南から北へあるいは低地から高地へと
淡い緑がさわやかに風景を染め抜く五月
いつも多数の子供と向き合っていらっしゃる皆様へ
オーストリアの首都ウィーンの幼稚園の廊下の壁にドイツ語で記された
作者不明のこんな詩をご紹介致します

「子供は一冊の本である
その本から
われわれは何かを読み取り
何かを書き込まなければならない」
どうぞ子供たちの未来が幸せでありますように素晴らしい言葉を書き込んでください

（2010年）

この地球上に最初に登場した文字は
自然のエネルギーを感じたままかたどったともされます
「風」と言えば五月
枕詞のように「風薫る」
風によって景色が変わるので「風景」
端午の節句の鯉のぼりを渡す「風渡る」
新緑の香りを含んだ五月の風が
爽やかに通り過ぎるように
私たちの心の中にも
爽やかな風が吹く初夏であってほしいと思います

（2011年）

【6月】
わが国特有の長い梅雨
多くの物語が語り継がれる中
最も有名なのは源氏物語第二帖
女性の品定めに話の花を咲かせる「雨夜の品定め」
そして
雨の特異日に大磯の虎御前が流す涙を「虎が涙」
六月十八日にエジプトで闇の神ティフォンに殺された夫をいたむ涙を「イシスの涙雨」
と語り継がれています
心まで曇り空になりそうな梅雨の今
歴史とロマンに思いをはせて
爽やかな一時にしていただけたらと思います

（2002年）

飛鳥朝第三十八代天皇
天智天皇が時刻を示したのが始まりとされる
時の記念日がある六月
時の流れに密着したカレンダーの語源は帳簿に端を発し

時間とお金が深い関係を持ち
誰もが知っている「時は金なり」という言葉もあります
「一番忙しい人が一番たくさんの時間を持つ」
という諺のように
今一度価値ある時間と対峙する季節にしていただきたいと思います

（２０１４年）

万葉の時代すでに美しい花として観賞され
室町末期には能衣装に
江戸時代には友禅染めとして親しまれ
現代では日本の梅雨には欠かせない紫陽花の季節
水無月
白い紫陽花が青緑へと変化したりするので
花言葉は「移り気」とも言われますが
レベルアップととらえ
「昨日より今日　今日より明日」
と向上できる季節にしたいと思います

（２０１３年）

【7月】

古代ローマ最大の将軍ガイウス・ユリウス・カエサル
英語読みではジュリアス・シーザーが生まれた月なのでジュライ
日本では七夕のために文をひらく文披《ひらき》月が略されて文月
ゼラの戦いの勝利をローマに知らせた
カエサルの明瞭簡潔な文章の特徴を表す言葉に
「私は来た　見た　勝った」がありますが
最後の言葉を
「楽しく酔った」とおっしゃっていただけますよう
スペシャル冷酒をプレゼント致します
どうぞごゆっくりと

（2011年）

「小さい」の意味からコメボタルとも呼ばれるヒメボタルが日本列島を順々に羽化する七月
「ホ」は火のことであり
「タル」は垂れる
「火垂る」が変化してホタルになったと
最初にこの語源を調べたのは貝原益軒だったそうです

そしてホタルは古来忍ぶ恋のシンボルとされた夏の虫ですが
短くて粋な歌でまとめた江戸時代の民謡集「山家鳥虫歌」をご紹介致します
「恋に焦がれて鳴く蝉よりも鳴かぬ蛍が身を焦がす」

（2013年）

「花は仏に奉り　実は数珠に貫き」
と清少納言が枕草子に書きつづった日本の初夏を代表する蓮の花
弥生時代の遺跡から発見された蓮の実が発芽し
今の世に咲く神秘の花であり
二千年という壮大な歴史を持ちます
よく引用される言葉に「泥中の蓮」がありますが
古き俳句の中の
「この泥が　あればこそ咲く　蓮の花」
という力強い言葉のように
厳しき事の多い現代
どんな環境におかれても
清らかな心を失わない日々の歴史を重ねていきたいと思います

（2014年）

【8月】
「凪の国」とも言われるわが国には古来
風速の微妙な違いを感性豊かな名前で呼び分け
その数なんと百はくだらないと言われます
昼の海風と夜の陸風
夕方入れかわる時に夕凪
朝は朝凪
そして盛夏に吹く一陣の西風を「極楽の余り風」と呼びます
残暑厳しい今
先人が作り出したこの表現
極楽と現世を継ぐ確かな道があるようなこの心地よい風の名前に
ホッと一息涼しさを感じたいと思います

夏の風物詩を代表する花火
花火の起源はのろしとして使われた古代中国にさかのぼり
色鮮やかな打ち上げ花火の技術はヨーロッパで培われたようです
日本で初めて花火を観賞したのは徳川家康

（2011年）

花火大会は八代将軍吉宗が慰霊の祈りを込めて両国大川で行ったのが始まりとされます
美しい光を放ちながら一瞬のうちに消えてしまう潔さと
二つとして同じものがないところに
最大の魅力を感じる花火に
人それぞれに違う人生を重ね見たいと思います

（２０１１年）

五千年の昔
古代カルデア人が星座を作り
ギリシアに伝わって
華やかな数々の神話が生まれました
猛暑の地上とは対照的に
真夏の夜空では涼しげに
夏の大三角形が雄々とひときわ美しく輝いています
熱き思いはロンドンオリンピックだけにして
本日はこの地球から大宇宙へスイッチを切り替えて
爽やかにお過ごしください

（２０１２年）

【9月】

秋の虫の音色に移ろいゆく季節を感じる長月
最も馴染み深い鈴虫を始め
わが国は世界一を誇る六十種の鳴く虫に恵まれています
それ故
私たちは誰もがごく普通に
虫の声を美しい音色として聞くことができます
小林一茶のこんな俳句にも共鳴できるのは
日本人独特の豊かな感性と思われます
「世の中は　鳴く虫さえも　上手下手」

昔日本は「秋津島」と呼ばれ
「アキツ」はトンボのことを指し
トンボ国という意味を持ったほど
馴染み深い赤トンボの群れが一気に山から里へ向かう季節
戦国時代多くの武将は
「勝ち虫」とされたトンボのモチーフを

（2006年）

かぶとの先端に付けたりして戦ったと言われますが
これは決して後ろには進まず前にのみ進むトンボの習性に
縁起を担いだようです
私たちもぜひ一歩でも前進できる季節にしたいと思います

（2010年）

万葉集四千五百十六首中
百四十三首に登場する
日本の秋を代表する萩の花
数多くの和歌や俳句がある中で
かつての私たちには
豊かな連想の世界に
酒の香りや艶っぽい女性の姿を
脳裏に思い浮かべることができた
日本人独特の高度な文化があったとされます
松尾芭蕉の九月を代表するこんな俳句を紹介致します
「一つ家に　遊女も寝たり　萩と月」

（2011年）

【10月】
名月といえば中秋の満月を指し
万葉集以来
月に寄せる豊かな情感は数多くの歌心に表れ
親から子へと温かく伝承されてまいりました
かつては
フィンランドに住むサンタクロースがクリスマスにやってくるという童話同様
月の都にうさぎが住み十五夜にははね踊るという誰もが幼き頃に信じた共通幻想がありました
あまり月見をしなくなった現代
古来の知恵を一つ失ったも同然と思える今
ゆったりと月と対面し
心の豊かさを取り戻したいと思います

（2006年）

地上では
ギリシア語やラテン語で宇宙の意味を持つ
マヤ文明の地メキシコから渡来したコスモスの花が秋の風物詩として親しまれ
宇宙では四十六億年前

太陽系の一員として生まれた月が最も美しく見える神無月
御多忙の日々の皆様に
京都栂尾高山寺を開基した明恵上人のこの言葉のように
今宵の月を見上げていただけたらと思います
「花も美しい　月も美しい　それに気づく　心が美しい」

（２００９年）

天高く馬肥ゆる秋
そして読書の秋
「大文字ばかりで印刷された書物は読みにくい
休日ばかりの人生もそれと同じである
人生には片仮名漢字そして平仮名があるからこそ充実して生きられる」
というドイツのジャン・パウルの言葉に併せて
マハトマ・ガンジーは
「明日死ぬかのように生き　永遠に生きるかのように学べ」
と名言を残しました
人生を豊かにする読書の秋にしましょう

（２０１５年）

【11月】
日本の秋を代表する花の一つが菊
名古屋城内にて菊人形祭り開催中の霜月
鎌倉時代第八十二代天皇
後鳥羽上皇が菊花紋のデザインを好んだことから皇室のものとして定着し
天皇家は十六花弁の八重菊
皇族は十四花弁の裏菊と定められました
これらの高貴な菊とは対照的に
風に耐え美しく咲き誇る野菊を歌ったこんな歌に
人生を重ねたいと思います
「咲くまでは　草と呼ばれた　野菊かな」

（2000年）

「春は花　夏ほととぎす　秋は月　冬雪冴《さ》えて　冷《すず》しかりけり」
いずれも本来の姿そのままで真理の相を示しているという曹洞宗の道元禅師の和歌ですが
ノーベル文学賞を受賞した川端康成の記念講演
「美しい日本の私」の中で
引用された和歌でもあります

世界一を誇る繊細華麗な錦絵の紅葉列島となる霜月
私たちも今一度
この大自然のごとく
あるがままの姿を見極めて
一年の終焉の季節を迎えたいと思います

（２００９年）

「カムイミンダラ」
アイヌ語で神々が遊ぶ庭という意味を持つ北海道大雪山連峰をスタートに
日本列島が紅葉列島と呼ばれる霜月ですが
古来
私たちが心に描く秋の色は柿の色とされます
柿の歴史は遠く平安時代にさかのぼり
数多くの画家俳人に歌われてまいりましたが
明治の文豪斎藤緑雨の
こんな面白い対比した言葉をご紹介します
「柿は渋きから甘きに入り　人は甘きから渋きに入る」

（２０１５年）

【12月】

「ただ過ぎに過ぐるもの　帆かけたる舟　人の齢　春　夏　秋　冬」
この枕草子のように一年の時の流れの速さを感じる師走はまた
お酒を飲む機会が多い季節ですが
「長い酒の歴史の中で会得したことは　お酒は志を持って飲めば養生法になる」
と言った人がおります
「三盃大道に通じ　一斗自然に合す」
これは唐の詩仙李白の詩ですが
三盃飲むと天地を貫く大道に通じ一斗飲むと大自然と一体となる
お酒を飲む場所は男性の品格を磨くための道場である
どうぞ本日は李白のごとく
おおらかなお気持ちで楽しい一時をお過ごしください

「昨日といひ　今日と暮らして　あすか川　流れてはやき　月日なりけり」
古今和歌集で春道列樹《はるみちのつらき》が詠んだように
誰もが時の流れの速さを口に致しますが
ロシアの文豪トルストイはこの考えに反対し

（2006年）

こんな言葉を残しています
「人間が次の年へ向かって前進するのだ
　歩むのは『年』ではなく
　『人』なのである」
前向きな姿勢で大きな第一歩を踏み出したいと思います

（２００７年）

「百里を行く者は九十を半ばとす」
秦の始皇帝が天下を統一するまでの有名な言葉の一つですが
九十里まで来た時点でやっと半分に達したつもりでいることが大事である
日本でも吉田兼好が書きつづった「徒然草」に
木登り名人の話が登場しますが
これも
あとわずかで下に到着する時が一番危険と諭しています
最後の締めくくりをおろそかにせず
この一年をしっかり締めくくり
来るべき新年を迎えたいと思います

（２０１５年）

春の「山笑う」とは対照的に静かに眠るがごとくの姿を表現した「山眠る」師走
「今日一日　怒らず　恐れず　悲しまず
　正直に　親切に　愉快に　生きよ」
日本初のヨガ行者思想家として名高く
東郷平八郎
後藤新平と
多くの人に天風哲学として高く支持された中村天風の
この「三勿《こつ》三行」の言葉のような一年でございましたでしょうか
心がけたいこの六つの言葉を
心の片隅に留め置いて
新しき年をお迎えいただきたいと思います

「盛年重ねて来らず　一日再び晨《あした》なり難し　歳月人を待たず」
また一つ年齢を重ねようとする今
ジュリアス・シーザーが私の恋人と公言する女流作家塩野七生が
男性が上手に年を重ねる戦術を楽しく語りました
「自分の年齢を頭に刻み込んでおくこと

（２０１７年）

しいて若作りをしないこと
人生には不可能なことがあると分かった年齢から自然に出る優しさを持つこと
　本当の恋に出会うこと」
より一層魅力ある男性の心得を持たれ
新しき年をお迎えください

（２０１８年）

「麒麟がくる」平和で平穏な年を願った新年とは真逆な一年が幕を降ろします
かみしめてこそ真の味わいがあるという中国の古典
功自誠が書きつづった「菜根譚」の中に
「人生一分《いちぶ》を減省せばすなわち一分を超脱す」
という名言があります
どれか一つでも減らせばその分気持ちが楽になる
あれもこれもと欲張らないようにと
分別を減らし
心の疲れを軽くして
来るべき年を迎えていただきたいと思います

（２０２０年）

2 節分お化け

第1回　芸妓

——2002（平成14）年——

第2回　紫式部

――2003（平成15）年――

第3回　花魁

——2004（平成16）年——

第4回　吉野太夫

――2005（平成17）年――

江戸吉原の高尾太夫と並び称され
十三年にわたって京都六条の七人衆
の筆頭にあげられた
吉野太夫徳子に化けさせていただき
ました
江戸初期の廓とは身分の隔たりを取
り払った社交の場であり
遊びを通して人間の修練をする場所
でもありました
京都洛北鷹峰に太夫が寄進した山門
境内に太夫をしのんだ吉野桜が残る
常照寺があります
時空を超えて皆様にほんの一時でも
遊里に身を置いたお気持ちになって
いただければと思います

第5回　高尾太夫

――2006（平成18）年――

立春を目前に恒例のお化けの日に
お出掛けいただき
ありがとうございます
昨年の吉野太夫に引き続き
今年は江戸吉原三浦屋にかかえられ
ること十一代に及ぶ遊女
源氏名高尾太夫に化けました
歴代高尾のうち
仙台藩三代藩主伊達継宗との情話を
持つ最も情熱的な二代目万治高尾に
扮しました
どうぞ今宵は
江戸吉原の遊里に身を置かれたおつ
もりで
ごゆるりとお過ごしくださいませ

第6回　川上貞奴

――2007（平成19）年――

本日は日本の女優第一号として名を
はせた川上貞奴に扮しました
十六歳で芸者となり
二十三歳で川上音二郎と結婚
サンフランシスコ公演で初舞台
晩年は電力王と呼ばれた福沢桃介を
パートナーとして活躍したそうです
本日の衣装は
あのピカソをも魅了し
マダム貞奴の名を世界に広めた
一九〇〇年パリ万博で道成寺を披露
した時と全く同じでございます
ただ今より皆様のおそばに参ります
記念撮影をお楽しみいただきながら
お過ごしいただけたらと思います

第7回　光源氏

――2008（平成20）年――

わが国が世界に誇る文化遺産源氏物語は
王朝貴族社会が舞台の物語でございます
今年は一千年目の記念すべき年
女性はもちろんのこと男性であれば
一生に一度は味わってみたいと願う
男女共通の憧れの人
光源氏に化けさせていただきました
豪華絢爛たる数々の恋を繰り広げ
六条院という壮大なハーレムを築き上げた
光源氏と共に
雅の世界を垣間見ていただけたらと思います

第8回　羽衣

――2009（平成21）年――

二〇〇八年ユネスコ世界文化遺産に
登録された能の中から
美しさを代表する作品の一つ
羽衣に変装致しました
天女という透明度の高い女性を主人
公に
富士山と三保の松原の美しい景色を
背景に
繰り広げられる舞
「いや疑いは人間にあり　天に偽り
　なきものを」
という名言が最も有名でございます
どうぞ今宵は
能の幽玄の世界での節分会をごゆっ
くりお楽しみください

第9回　歌麿「当時三美人」

――2010（平成22）年――

江戸の町人文化が爛熟し
浮世絵の黄金時代と言われた
寛政年間
女性の顔をクローズアップする
大首絵の手法で
浮世絵美人画を確立した
喜多川歌麿
色香匂い立つ
歌麿絶頂期の最高傑作
「当時三美人」より
江戸で評判だった「難波屋おきた」
に化けさせていただきました
九回目を迎えました節分会
今宵は浮世絵の世界でごゆっくりと
お楽しみください

第10回　北斎「二美人図」

――2011（平成23）年――

日本絵画史に刻まれ続けてきた
美人図の変遷史はおよそ千百年
飛鳥美人を皮切りに
天平　平安　鎌倉　桃山
そして皆様ご存じの
見返り美人に江戸美人
本日
若女将と共に皆様をお迎えした節分
お化けは
葛飾北斎美人画の最高傑作とされた
「二美人図」を
平成の世によみがえらせたつもりで
まいりました
皆様の心に描かれる美人像と重ね見
ていただければ幸いと存じます

第11回　弁財天

――2012（平成24）年――

インドのサラスバティー川の神様で
女神の姿に造形化した七福神の一人
弁財天に変身致しました
七福神の信仰は遠く室町時代にさか
のぼります
恵比寿　大黒天は日本
布袋　福禄寿　寿老人は中国
毘沙門天　弁財天はインド
三つの国に伝わる信仰を組み合わせ
福の神としたそうです
音楽　財宝　知恵　延寿をつかさど
る弁財天にあやかって
明日からの皆様の新しい年が
輝ける一年となるよう
お祈り致します

第12回　出雲阿国と坂東玉三郎 ――2013（平成25）年――

出雲の国に生を受け歌舞伎の創始者
として名高い出雲阿国と
現代に生きる女形の筆頭
人間国宝坂東玉三郎の代表作「鷺娘」
に化けさせていただきました
出雲阿国は安土桃山から江戸にかけ
て活躍したとの巷説で
確かな年譜はありません
歴史上の人物の多くは幻の中に生き
ているからこそ
そこに後世の私たちが自らのロマン
を重ねることができます
どうぞ今宵は
幻の世界でお楽しみいただけたらと
思います

第13回　上村松園と鏑木清方

――2014（平成26）年――

早いもので十二支が一巡
今年で十三回目の節分お化けの
日を迎えました
これもひとえに皆様のご厚情と
心より深く感謝申し上げます
本日は
近代日本画を支えた
東の鏑木清方と
西の上村松園の
代表作に化けました
華麗な風俗画で時代の寵児に
なった鏑木清方が描いた樋口一
葉「たけくらべ」に登場する「美
登利」
女性初の文化勲章受章者で格調
と品格の美人画絵師上村松園が
描いた「序の舞」
でございます

第14回　高尾太夫と吉野太夫

――2015（平成27）年――

「梅一輪　一輪ほどの　暖かさ」
冷たい季節風
たま風に代わり
東風が
春の訪れを告げる早春
十四回を迎えました
節分お化けの日は
十一代にもおよんだ
江戸吉原の
高尾太夫と
十三年にわたって
京都六条の筆頭にあげられた
吉野太夫に
化けさせていただきました
今宵は
江戸吉原の遊里と
京都六条の遊里で
お楽しみくださいませ

第15回　紫式部と清少納言

——2016（平成28）年——

「春はあけぼの　やうやう白くなりゆく　山際はすこし明かりて　紫だちたる雲の細くたなびきたる」

「いづれの御時にか　女御更衣あまた候ひ給ひける中に　いとやむごとなき際にはあらぬが　すぐれて時めき給うありけり」

十五回目を迎えました節分お化けの日は平安女流文学の双璧として名高い清少納言と紫式部に化けさせていただきました

わが国が世界に誇る二人で浄心の大森は幕を降ろし

来年は名古屋能楽堂にて新しく生まれ変わった大森で

お会いしたいと思います

第16回　翁と楊貴妃

――――2017（平成29）年――――

二〇〇八年ユネスコの世界遺産
に登録された能は
日本が世界に誇る伝統的な音楽
劇です
本日節分お化けの日は
現在もなお
たとえ夫婦親子であっても演じ
終わるまでは女人禁制を守り
天下泰平
五穀豊穣を願い
毎年名古屋能楽堂新春初舞台に
は必ず演じられる
能であっても能ではない別格演
目「翁」と
楊貴妃に変身致しました
新店舗での節分お化け
今宵は十二分に
お楽しみくださいませ

第17回　小野道風と鷺娘

——2018（平成30）年——

多色摺《ず》りの美しい木版画を
錦絵と言いますが
錦絵創始期の第一人者
浮世絵の革命児鈴木春信
江戸神田町に住み
土用の丑の日を推奨した
平賀源内とも交流があったよう
です
春信作品の八割以上が
海外に所在します
本日は
ボストン美術館より里帰りした
春信の作品の中より
小野道風と鷺娘に
化けさせていただきました
今宵は
錦絵の世界で
お楽しみくださいませ

第18回　如月太夫と桜木太夫

――2019（平成31）年――

創業元禄元年
一六八八年
今から三百三十一年前
京都で唯一
幕府より公認を受けた
格式高き花街島原
現在日本でただ一軒
太夫を抱えるお茶屋に
輪《わ》違《ちがい》屋があります
大名公家のお相手をつとめた
芸妓の最高位を
太夫と言いますが
今年は
島原公認太夫五人のうち
如月太夫と桜木太夫に
化けさせていただきました
今宵もどうぞごゆっくりと
お楽しみくださいませ

第19回　石橋—能の演目より

——2020（令和２）年——

時は平安
天台宗僧侶寂昭法師は唐に渡り
文殊菩薩の浄土を訪ねます
橋の幅三十センチ長さ十メートル
谷の深さは三千メートル
人智を超えた仏の力なくしては
渡れぬ橋「石橋《しゃっきょう》」
百獣の中に獅子がおり
人の中に仏がいる
紅白の獅子は
千年万年の長寿を祝う舞をする
新しき時代の幕明け最初の節分
皆々様の御健勝を祈り
能の一番華やかな演目「石橋」
を選びました
初めての挑戦
隈取りをお楽しみいただけたら
幸いです

第20回 市川海老蔵歌舞伎竜宮物語

——2021（令和3）年——

市川海老蔵
宮本亜門で公演された
竜宮物語より
乙姫様に化けさせていただきました
浦島太郎と乙姫
一番古い記載では
万葉集にも登場します
東洋の伝説に登場する水中の都
竜宮城は
世界百科事典では
奇跡や豊穣の源泉として考えられています
どうぞ皆様の未来が
竜宮城のごとく
豊かで
夢がかなう奇跡が起きますよう
心よりお祈り申し上げます

3　大森の歩み

1948（昭和23）年
森田一造・千恵子夫妻が名古屋市西区の浄心交差点付近の公設市場に天ぷら店を出す

1951（昭和26）年
「料亭大森」の地（名古屋市西区城西四丁目30番3号）に「大森料理店」を開店。同時に「合資会社大森料理店」を設立

1966（昭和41）年10月
「大森料理店」の地に鉄筋コンクリート四階建ての「料亭大森」を新築。同時にその西隣の木造平屋建てに「しら河」の母体となる「うなぎ店」を併設

1970（昭和45）年6月
「有限会社新大森」を設立、代表取締役に森田一造・千恵子夫妻の長男堅一が就任

1974（昭和49）年10月29日
森田堅一と伊藤桂子が結婚、森田桂子が若女将に

1976（昭和51）年12月3日
先代・森田一造死去

1977（昭和52）年10月
「合資会社大森料理店」を「合資会社大森」に商号変更、資産管理会社とする

1979（昭和54）年10月
「うなぎ店」を改装、定食・単品の「大森の店しら河」に

1981（昭和56）年8月
「有限会社新大森」を「有限会社大森」に商号変更

1983（昭和58）年5月
「大森の店しら河」のメニューにひつまぶしが加わる

1984（昭和59）年5月　お座敷でオリジナルの口上を始める

1989（平成元）年11月　「有限会社しら河」を設立、「大森の店しら河」の営業を移管、代表取締役に森田千恵子が就任。以降、うなぎ料理、特にひつまぶしに専門化

1999（平成10）年6月10日　「しら河」の二号店として「しら河今池店」を今池ガスビル地下一階に開設

2000（平成12）年3月5日　「しら河JR名古屋タカシマヤ店」開設

2001（平成13）年5月1日　「しら河栄店」を栄ガスビル地下一階に開設

2002（平成14）年2月　節分お化けを始める

2007（平成19）年6月　「大森の店しら河」の南向かいの地（名古屋市西区城西四丁目20番12号）に鉄筋コンクリート三階建ての「しら河浄心本店」を移転新築

2010（平成22）年7月13日　大女将・森田千恵子死去

2015（平成27）年6月25日　「有限会社しら河」代表取締役に森田大延が就任。代表取締役だった森田堅一は顧問に

2016（平成28）年4月21日　「料亭大森」を名古屋城南の名古屋能楽堂（名古屋市中区三の丸一丁目1番1号）に移転、名称は「しら河別邸　日本料理大森」

2017（平成29）年3月27日　「しら河名駅店」をアクロスキューブ一階に開設

2021（令和3）年3月31日　「しら河別邸　日本料理大森」閉店

4 私の履歴書

森田　桂子

1952（昭和27）年1月11日生まれ
伊藤　朔郎・京子の長女
祖父・伊藤留吉
愛知県西春日井郡西枇杷島町西六軒町23（現・清須市西枇杷島町南六軒23）
西枇杷島保育園卒
西枇杷島小学校卒
西枇杷島中学校卒
1970（昭和45）年3月　名古屋市立西陵商業高等学校卒
1973（昭和48）年3月　名古屋赤十字高等看護学院卒
　　　　　　　　4月　名古屋第一赤十字病院（外科病棟・五病棟四階）勤務
1974（昭和49）年10月　森田堅一と結婚
長男　大延《ひろのぶ》　1975（昭和50）年11月5日生まれ
長女　千香　1976（昭和51）年11月10日生まれ
次男　恵次　1979（昭和54）年7月23日生まれ
次女　真衣　1984（昭和59）年2月24日生まれ

名古屋タイムズ

〔11〕　1995年（平成7年）12月4日（月曜日）

美人だぞ～

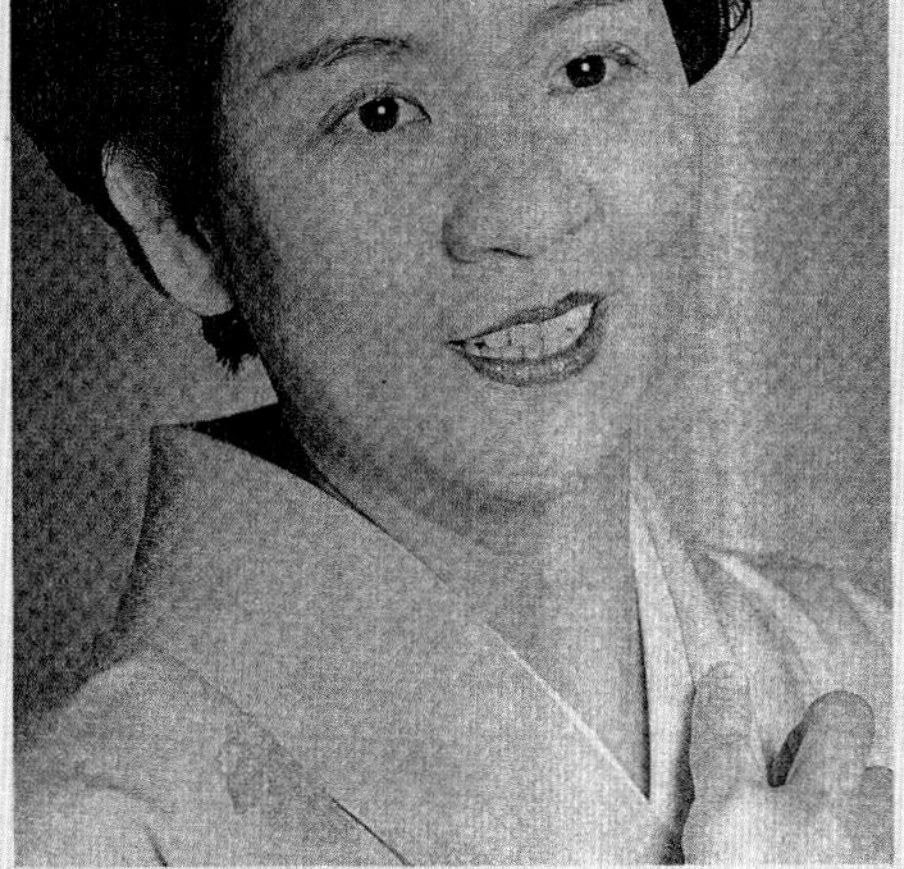

♥ 森田　桂子さん　料亭「大森」若女将（名古屋市西区在住）

洗練されたコミュニケーションが心地よい。常に笑みを絶やさず、目元と口元が愛らしい。「大森」の若女将（おかみ）になって二十　年、全く異質な世界から飛び込み、今や料亭の仕事と二男二女の家庭を切り盛りする〝細腕繁盛記〟ぶりを発揮している。

「看護婦をやってまして主人と結婚。新婚旅行から帰った日から、女将（義母の千恵子さん）と一緒に座敷を回りました。見よう見まねでやってきましたが、もう二十年も超えてしまいました」

「大森」には十の小部屋と四部屋の大広間があるが、十一月は年末まで大広間は予約でいっぱい。森田さんは広間を回って、お客さんに口上を披露し、日本酒をプレゼントする。これが長年続いた〝大森流〟もてなし。この口上を聞きたいがためにやって来る客も多いという。毎月二、三パターンの口上を本を買い込んだり、図書館に通って完成させる。今月は一年を振り返り「空気いっぱい入ったゴムまりのような、柔らかい心を持って新しい年を迎えたい」と結ぶ口上を披露している。

酔わせる口上〝大森流〟

朝六時起床、子供たちの朝食や弁当の準備から送り出し、それに家事。そして「大森」で午前零時まで女将として忙しく動き回る生活だ。こんな母親の姿に打たれて高三の長女が書いた手紙には思わず涙ぐんでいた。

名古屋市内で唯　、名城が見られる料亭。「高円宮さまが〝城見の間〟でお食事をされたときは感激しました」

森田さんのスタミナ源は毎朝飲む、ゴマときなこ入りの牛乳、サクラエビとにぼしの粉末のかかった朝ご飯だそうだ。

笑顔で店を切り盛りする桂子さん、家庭では2男2女の母

■推薦者の一言

長谷川信博さん（医学博士・薬剤師で「大森」の常連客）

いつもにこやかに応対してくれるのが、とても素敵ですね。若女将として客の手の届かない所まで、何気なしに配慮してくれる方です。そのうえ宴の前の口上は天下品。　度聞いてみてください。

読者の皆さんの周りの美しい人をミセス、ミス、有職、無職を問わずどしどしご推薦ください。

推薦要項はハガキまたは封書で推薦される人の住所、氏名、有職者は勤務先を明記し（写真はあれば可）、推薦者の住所、氏名、連絡先の電話番号を書いて〒460名古屋市中区丸の内1の3の10、名古屋タイムズ社編集局「美人だぞー」係へお寄せください。紙上掲載された人を推薦していただいた人には謝礼（デパート商品券1万円）を贈呈します。

毎週月曜日に掲載

5 ファミリー

森田　堅一　有限会社しら河顧問

温厚を絵に描いたような人で、いつも冷静沈着、大声を上げる場面を見たことは一度もない。「見習いたい」と思っても、それは無理のようで、「ここぞ」という時は強い口調になってしまう。「強と弱で夫婦のバランスが取れているのかもしれない」「私は私らしくこのままでいい」と自分で納得する。

幼稚園からの幼なじみの長瀬由司久さんの紹介で青年会議所のメンバーだった四十歳までは仲間と夜の街の探検によく繰り出した。長瀬さんは長瀬組二代目社長で、知識が豊富、探求心が旺盛、懐の大きな方だった。おいしい食事処を見つけては、お昼になると「けんちゃんいる？」食事に行こうよ」と声を掛けてくださり、連れ立って出掛けた。長瀬さん、そしてもう一人の親友である竹田製菓の竹田篤さんもすでにこの世の人ではないのが寂しい。

浄心中学校で同級生だった加藤清一さんや森富夫さん、明和高校ＯＢ会で幹事役の功刀勝宣さんをはじめ、たくさんの友人との会食を楽しんできた。それがここ一年余り、新型コロナウイルス禍により、生活スタイルが一変した。元々、気管支が弱く、呼吸器系に自信がないため、感染を恐れ、自粛へと向かった。毎晩の楽しみだった近所の居酒屋さん通いもぴたりとやめ、夕食の用意や、能楽堂のお店まで私の送り迎えを引き受けてくれた。

今後、名古屋清須ロータリークラブとＮＰＯ法人名城さくらの会での活動に傾注するようだ。この会は二〇一九（令和元）年九月二日の発足で、事務局長として、会長清水善吾、理事長塚尚根、専務理事平出真さんらを支える。すでに昨年、今年と二回、日本さくらの会よりいただいた百本の若木を名城エリアに植樹した。将来的には大阪造幣局の「桜の通り抜け」に匹敵するような、三百万人近くが訪れる「弘前城桜まつり」に負けないような日本を代表する桜の名

夫・堅一と中尊寺で

所になるのを夢見る。

森田　大延　有限会社しら河社長

全店の社員、パート、アルバイト約三百名の把握、月二回の管理職会議の運営、経理、渉外などといった社長業のほか、公益社団法人名古屋西法人会青年部会長を務め、愛知県料理生活衛生同業組合名古屋芽生会青年経営者研修塾に所属するなど、かなりハードなスケジュールをよくこなしている。

幅広い交友関係、人脈は、短時間で築けるものではない財産ともいうべきもので、今後も大切にしていってほしい。

私が大腸がんで入院した折、弟と二人で、実家の母に、電話ではなく、自宅まで出向いて直接伝えてくれた。心のどこかで命を失うかもしれないという事態を覚悟したからこそのことだったのだろう。想像もしなかったこの行動が私に

はどれだけ頼もしく映ったかという思いは今も心の奥深くにしまってある。

性格は主人にそっくりで、いつも冷静沈着、穏やかだ。本当に強い人は優しい人であるという。

「春風を以て人に接し、秋霜を以て自ら粛《つつし》む」(佐藤一斎「言志四録」のうち「言志後録」第33条)。

今後も今の優しさを持って従業員をリードし、己の進むべき道をしっかりと見定めて歩んでもらいたい。

森田　文恵　大延の妻　若女将

先代の女将が助産婦、私が看護婦、そして若女将も看護婦だったというのは、偶然か必然か、とても珍しいことではなかろうか。私と同じ道を進んでくれていたということに最初から安心感があった。命を預かるという経験から学ぶ事は、信用を築き上げるためにすべき事とも通じるだろう。

ありがたいことに「私の背中を見て育ちました」とのうれしい言葉が返ってくる。出産後も

長男一家

育児を実家のご両親に頼み、私と同様、お座敷に出ていた。口上を若女将にというリクエストも増えるなど、私の代わりが立派に務まるまでに成長した。

大森のお店が能楽堂に移転してから最初の一年は本当に大変だった。新しいスタイルのメニューを用意する中、約百四十名受け入れ可能な部屋の配席表を作り、旅行会社さんへの対応、能楽堂ご利用のお客様への応対と、手探りの状態が続いた。それでもスタッフの悩みを丁寧に聞いて改善へと導いてくれた。

今後はしら河全店の若女将として各店を回ってもらうことにしたので、各店の従来のスタイルを崩さず、より一層レベルアップを図る方法を見出してほしい。全店を見渡す立場の人をこれまで位置づけてこなかったので、この新たなる挑戦に期待しながら、一歩後ろからしっかり見守りたい。

森田　一平　大延・文恵の長男（11歳）

一平の「一」は先代一造と祖父・堅一の「一」で「平」は日本国の基礎という意味合いがある。

幼い頃より気が付けばいつもサッカーボールに触れていたのが、今では城西小学校の六年生だ。愛知ＦＣのメンバーからは「いっちゃん」の愛称で呼ばれている。

前半負けの試合をあきらめないで勝利に導く心、負けて流す悔し涙を次へとつなげる根性がある。塾と両立させ、一度たりとも塾をやめると言ったことがないのには感心する。

学校の通知表は、先生の評価がかなり高い。ドッジボールで自分のチームが負けていると「みんな楽しもうよ」とムードメーカーになる。

女の子が絵筆を洗う水をこぼした時は率先して雑巾を取ってきて拭いてあげたそうだ。友達も多い。今の素直さを保ち、根性と賢さを培って、親しまれる人へと大きく成長してほしい。

次男が挙式したオーストラリアの海岸でファミリー勢ぞろい

３人の孫と長女

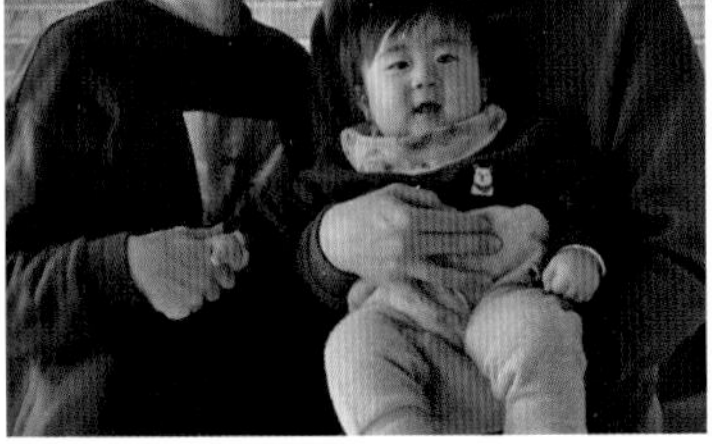

次男一家

森田　恵次　有限会社しら河部長

中学校、高校と野球一筋で過ごし、出身の中京大学附属中京高等学校が甲子園出場となれば、応援で現地まで出向く。毎朝、マラソンを続ける。根っから明るく、人なつっこくて、男女を問わず、特に高年齢層のお客様に人気が高い。友人も多く、人に気遣いができる。社長とは全く違う分野を持てるフットワークを生かしてこなす。

孫を抱く次女

鰻福会と称する情報交換のネットワークでは通常年二回の交流会があり、ウナギの完全養殖の視察にも出掛ける。業界新聞「アクアカルチャーレポート」の方と各地の養鰻場や池、加工場を巡る。海外ではこれまでの中国や台湾に加え、今後はベトナム、スペインに行く予定があるようだ。一般社団法人全国鰻蒲焼商協会で青年部の理事を務める。

兄弟が違う分野を担当して会社の基盤をより

一層盤石にしてくれていることを心強く誇りに思う。

森田　葉子　恵次の妻

姉さん女房で息子を上手にリードしてくれる中、いつでも変わらない明るさ、さばさばとした性格が好ましい。昨年六月四日に待望の第一子峨《が》功《く》くんを産み、それまでのJR名古屋タカシマヤ店勤めは育児のために見合わせる。誕生日が虫歯予防デーなので「覚えやすくていいね」と言ったら、何と「巨匠ピカソの大作『ゲルニカ』が完成した日」と聞かされた。

結婚に際して二人はオーストラリアで挙式後、スペインで「ゲルニカ」を観賞するのが夢だった。当時テロ多発のためにスペイン行きは断念したので、峨功くんの六月四日誕生はピカソのお導きか。健康で、伸び伸び、皆に好かれる子に育てと願う。

若女将のご両親の石黒薫・ひろ子さんとはとても気が合い、何でも気軽に話せるのがうれしい。新年会を開き合い、お二人の住む山形県酒田市まで出掛けたり、ニュージーランドへ一緒に旅行したりしてきた。私が山形県の観光大使に任命されたことで、あちらの親戚の皆様とも一層ご縁が深まった。

次男の嫁のご両親である㈱ロボテクノ社（岩倉市）経営の小島清司・裕規子さんとも親しい。私の次女がオーストラリアに永住していて、その近くに妹さんが住んでいるということもあり、共通の話題で盛り上がる。

嫁、そしてそのご両親とも親しい関係が築けているということはこの上ない喜びである。

森田　千香　長女

ニュージーランド南島ブレナムに住む。私と一番性格が似ていて、何事も最初から決して諦めからは入らない。頑張れるところまで、もしかして限界を遥かに超えても突き進む。そうした意志の強さを持ちながら、根底はとても優しい。子供に寄り添い、理解に至るまで怒らず辛抱強く話すので、三人とも素直で優しい子に育つ。健康を気遣う。料理上手で、スイーツまで何でも腕を振るう。

長女・虹（15歳）

誰にでも一度で覚えてもらえる名前というのはいい。その字源は、虫＝へび、エ＝天空を貫く大蛇、と知った。女子ラグビーの選手で、二つのポジションを担当する。母親譲りの料理上手で、抜群の器用さから、絵画、陶芸、手芸と何でもこなす。目標はドクターらしい。

長男・気意和《きいわ》（12歳）

名前の響きがいい。ニュージーランド原住民の方からは「海の神という意味を持つ」と聞いた。昆虫が大好きで、一日中ずっと飽きずに研究できる。レゴに熱中すると、これも何時間であっても向かう。

次女・花蜂《かほう》（10歳）

ダンスが上手で、漫画のようにひょうきんで楽しい。観察力に富み、絵画は印象に残った部分から書き始めて、いつの間にか仕上げるという不思議な才能を持つ。人一倍気遣いがある。物欲が全くない。

森田　真衣　次女

オーストラリア・ゴールドコース近郊のマウントバーレルに住む。優しくて利発、若い頃にはヨガ修行でインドを一人で旅したくらい、決めた道を突き進む。サーフィンが大好きで、時間があれば海に向かう。大自然の中に住居があり、山も海も一時間以内で行ける。昨年二月十二日に待望の第一子木宇《もくう》くんを出産した。日本とは違って、赤ちゃんの頃から森林浴、川、海遊びへと連れ出すうち、一年たたずに歩き出した。

二人の娘は帰国すると、私の実家の母に必ず会いに行く。知多半島・野間の瑞境寺（前愛知学院学長佐藤悦成様のお寺）で先代のお墓を掃除する。私たちからそうするように言ったことは一度もない。感心する。遠く海外に住むと日本のそして自分たちの祖先への感謝の念がおのずと湧くのか。とてもうれしい。

海外での生活は、日本と違って、何でも自分たちの手で処理する器用さと順応性とたくましさを必要とする。「頑張って」のエールの証しとして送る国際スピード郵便（ＥＭＳ）の中に「きっとあれば喜ぶだろうな」と想像する各種の品々をいっぱいの愛情を込めて詰める。年に一回の海外旅行先としてニュージーランド、オーストラリアに内孫、外孫を連れて飛んでいきたい。

「飛行機よ。一日も早く！」

四人の子たちへ。それぞれに自ら選んだ道を後悔のないよう一歩一歩確実に前に進んでいってほしい。

六人の孫たちへ。素直さと正直さと誠実さと優しさを持って、未来を思うがままたくましく生きて抜いてほしい。

有限会社しら河の従業員の皆様へ。これからもお店を盛り立ててください。どうか、よろしく。

弘法大師空海の私の大好きな言葉を贈る。

「物の興廃は必ず人に由る
人の昇沈は定めて道に在り」

あとがき

「しら河別邸　日本料理大森」は二〇二一（令和三）年三月三十一日、創業七十三年の料亭としての歴史に幕を閉じた。

「勇気は進む方の勇ばかりではなく退いて守る方の沈勇もまたこれを養うように心掛けねばならない。両者がそろって真の勇気が成る」

ここに至るまで新渡戸稲造の言葉を何度も反芻した。

宗教家清沢哲夫の詩「道」を思い浮かべて自分自身に言い聞かせた。

「此の道を行けばどうなるのかと危ぶむなかれ。危ぶめば道はなし。ふみ出せばその一足が道となる。その一足が道である」

残りの人生は少しずつ確実に進化し続ける「しら河」の店づくりにかける。

今回、誰も予期していなかった新型コロナウイルス感染症拡大の中で、これまで積み上げてきたものが一瞬にして消え去る「平家物語」のごとくの無常さを味わった。

今は、一層予測不可能な時でさえも不動の人気を誇る店づくりについて思いを巡らす。

時代が求めるもの、老若男女、皆様に愛されるものを追求し、気軽さの中で、味とサービスのレベルの高さを構築するために、学ぶべきことばかりである。

ともあれ、こうした閉店という結果となる中でも、支持と励ましをいただいた方々、友人、知人、従業員、家族に改めて感謝の意を表したい。

発刊に際して、中日新聞社出版部の皆様、OBの木村昭彦さんに協力を得たことにもお礼を申し添えて結びとする。

しら河別邸　日本料理大森

女将　森田桂子

ヒントはいつも出会いの中に
―料亭女将の半生

2021年4月20日　第1刷発行

著　者
発　行　森田桂子

発　売　中日新聞社
〒460－8511
名古屋市中区三の丸一丁目6番1号
TEL　052－201－8811（大代表）
052－221－1714（出版部）

制　作　木野瀬印刷株式会社
〒486－0958
愛知県春日井市西本町3－235
TEL　0568－31－3118
FAX　0568－33－7027

印　刷　木野瀬印刷株式会社

定価はカバーに表示してあります。
乱丁・落丁本はお取り換えします。

ISBN 978-4-8062-0778-8 C0095